青春必读本
饶雪漫作品 SHARON CREATIONS
青春疼痛系列之十四

离歌

FAREWELL SONG

【III】

文化艺术出版社
Culture and Art Publishing House

离歌
FAREWELL SONG

我们总是看向前方,有希望的地方,而我,总是不忘回头,看着你在的方向。

离歌
FAREWELL SONG

每一次的分开、离别，想说的都只是，带我走，无论海角天涯。

马卓（王秋紫饰）
我最大的希望就是从今以后，我们永远都不要再分开。可以互相照顾，互相陪伴，平平安安，高高兴兴。

毒药（马晓辉饰）：跟我走，马小羊。

每一次的相遇、重逢，想做的都只是拉着你的手说，跟我走。

离歌

FAREWELL SONG

奢望时间可以停下,画面能够永远定格在我们牵手走过的那一幕。

夏花(王子文饰):
阿南哥,喝完这杯酒,我就是你的新娘子了。

阿南(家伟豪饰):
如果她都不怕,我有什么好怕的呢?

洛芸芸（桃子饰）：
我宰杀了关媚媚那个臭八卦婆！

生气，担心，焦虑，失望，抑或其他，可是不能否认，我们是彼此相爱的。

吴媚媚（王子子饰）：
有好几次她闹得出格了，我恨不得亲手杀掉她。

离歌 FAREWELL SONG

从最初到最终，走过了那么多的人事，我们又回到了企盼幸福的起点。

颜舒舒（陈一娜饰）：追了十年了，你不累，我都累了。

即使睡着了,也会紧握着手的我们,到底可以走到多远?

毒药：你终于是我的了。

马卓：仅仅这一刻，我真的已经足够。

离歌
FAREWELL SONG

离歌 FAREWELL SONG

请记住,
没有人能够从我面前带走她。

毒药:
这位同学,我忍你很久了,在我没动手以前,你最好自动消失。

离歌
FAREWELL SONG

马卓：
受过伤之后，伤口也变成了自己的一部分，纵使留下的疤痕再丑陋，也不得不与之长相厮守一生一世。

你留给我的护身符像是一个羁绊，又像是一把随时会刺向我心脏的凶器。这样，我也一次次义无反顾地奔赴你在的方向。

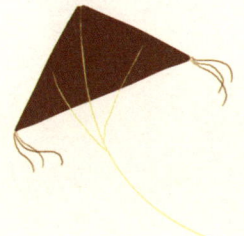

风决定了蒲公英的方向,你决定了我的悲伤……
The dandelion goes with wind,and my whole sorrow follows you.

故事的开始,我忘了我是谁……

▷ 要不是不小心又忽然想起

　至少我还算快乐的

　　　　——**摘自马卓博客《顶多是偶尔》**

（1）

推开方律师办公室的门,我一眼就看见洛丢丢在耍宝。只见她眯缝着双眼,把两只手臂高高地举过头顶,奋力地扭着腰,甩着屁股,嘴里不知道哼着啥破调调,山寨印度肚皮舞女郎一个人的表演赛显然正在火辣进行中。

"嗨。"我抱着文件袋站在门口,一直等到她心满意足鸣金收兵才与她打招呼。

她显然没把我当根葱,只是斜我一眼,就喘着气把自己扔到沙发上,抱住桌上的一大瓶可乐自顾自地喝起来。直到我走到她身旁站定,她才懒洋洋地吐出两个字:"你谁?"

"我是方律师的助手。"我说,"他在忙,让我先来跟你聊一聊。"

"助手,还是小三儿?"她忽然来了兴致,撑起半个身子,肆无忌惮地打量我。我看到她宝石蓝色的眼影,宝石蓝色的美瞳,似乎为了让我看得更清楚,她连续眨了好几次眼睛,质量上乘的假睫毛都没有要掉下来的意思。

她穿LV的彩色波板鞋,一件DIOR的宝蓝色小T,我没猜错的话喷的应该是香奈儿的"邂逅",如假包换的富家女。只可惜她那张脸还未怎么长开,眉眼之间怎么看都是一股稚气,脸颊上隔夜的亮光散粉更是令她显得不伦不类。

"问你话咧——你看我干啥?"她拖长声音,"难不成被我的一针见血吓到了么?"

"该我问你才对。本月13号,也就是上周五晚上7点一刻,你在哪里?"

"和我的男人在一起。"她飞快回答我。

"在一起干吗?"

"你想知道我干吗?"她坏坏地笑起来,摇晃着五根手指头,逼近我的脸说道,"唉呀呀呀呀,助理小三姐姐,看不出来你真坏,一上来就问小孩子这种色色的问题。哦,对了,是不是你的方大伯忘了提醒你,我还未成年,我才15哦。"

她一边说话一边在我面前晃过来晃过去,我真怀疑她是不是有多动症。我被她晃得头晕,只能退到茶几后面去。

"你说一男一女在一起能干吗?"她终于坐下来,继续抱着她那瓶亲爱的大可乐,仰头猛灌,一看就是表演欲超强的那种新新人类。

我提醒她:"如果想解决问题,你就最好说实话。"

"你别把我当吴媚媚!"她把可乐瓶像枪一样对着我,"你把骗吴媚媚的律师费分我一半,我就啥都告诉你。不然,一切免谈!"

真是典型的不见棺材不落泪的90后。我把手里的文件袋往桌上一扔说:"看看吧,看完后再决定你说还是不说。"

她却伸出一只脚,把所有文件袋一股脑扫到了地上,说:"我没这个兴趣!"

"关于叶贱贱的也没兴趣?"

"谁是叶贱贱？"装傻充愣她真是一流。

我站起身，捡起所有文件袋，转身就要往门口走，要装大家一起装，谁怕谁。

"等等。"不出我所料，她喊住我。

我转身看着她，扬起手中的文件袋。

果然，她把可乐瓶用力掷在茶几上，对我喊："你离我那么远，我怎么可能看得清楚呢？你确定你懂法律？我看你连常识都没有。对当事人要尊重，你晓得啵？"

我走回，将袋子悉数放在桌子上，提醒她："小心你的脚。"

"小气鬼。"她充满警惕地瞪了我一眼，才拆开那些纸袋子。动作很缓慢，像在拆定时炸弹。一个小亏都吃不得，想必十分缺乏安全感。想想我15岁的时候，其实和她又有多少区别呢？只不过是现在的她看上去与全世界为敌，而那时候的我，是在心里默默与全世界为敌罢了。

就此而言，我对她的怪异行为并不是完全不能理解。

我注意到她拿着文件袋的手指，有些微微的颤抖，或许聪明的她早就猜到里面会是些什么。为了给她一点空间，我只好没事找事做，起身替方律师收拾办公桌去。

谁知道我才走到办公桌前，一堆书还没摆放整齐，就听到身后发出一声无与伦比的尖叫，我转身，看到被洛丢丢撒得一地的照片和资料，还有她，整个上半身趴在那个长条的玻璃茶几上，像一只刚被鲨鱼咬了一大口的扁扁的八爪鱼。

我任她去。

我转身收拾好桌子，走回去弯腰收拾好被她扔得一地的东西，把它们重新塞回文件袋，坐在旁边的一张椅子上耐心地等她开口说话。

然而，十分钟过去了，她一直趴在那里装死，一动不动。

我伸出手推了推她，纵使我有十二万分的耐心也甘拜下风。

"我死了，别救我。"她气若游丝地答。

"本月13号，也就是上周五晚上七点一刻，你在哪里？"

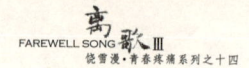

她终于肯抬头,一张乱七八糟的脸看着我,声音沙哑却充满仇恨地问道:"如果我告诉你,那个垃圾会不会被关起来,枪毙,砍头,杀他全家!"

"那要法律说了算。"我说,"我只是希望你说完实话,可以没事。"

"去你妈的XXX。"她冒出一句干脆利落的粗话,忽然想起来什么似的捏住那些个信封尖叫,"等等,这鬼玩艺你们从哪里弄来的,是不是PS过的,我警告你哈,不要跟我耍花招,我早说我不是吴媚媚那种笨瓜!"

我说:"得了吧,如果你真的够聪明,就应该知道那个叫叶贱贱的,根本不爱你,他有很多女人。他跟你在一起,根本就是骗你的钱花。"

"你放屁!"洛丢丢起身冲到我面前来,一把抓住我的衣服。看着我的眼睛像是要冒出火球来把我整个烧掉才甘心。我当然不会那么傻,站在这里任她的手掌挥到我的脸上来。于是我掰开她的手指,稍稍退让一步对她说道:"一针见血了,抱歉。"

"别学我用成语,我要收费的!"她察言观色,得意地笑着说,"你退啥,怕我打你么,不过你的样子,真的很欠扁。"

"要动手,你未必是赢家。"我说,"不信你可以试试。"

她真的不怕死地扑上来,我闪过,一个反手,将她按倒在地。

三年的跆拳道不是白学的。

我放开她,她狼狈地从地上爬起来,架了个多余的马步,手指一上一下点着我的脸威胁我说:"既然你这么了解我就应该知道,我有很多朋友,不一定要自己动手。"

"都是些什么朋友?陪你吃喝玩乐,刷爆你的信用卡,偷了你的手机,卖了你的PSP,骗你跟别人上床,还是直接就抢了你男朋友那种?小朋友你听好,这次的事不是小事。吸毒贩毒,你以为这些是小说里电视里搞着玩的吗?别以为你打着未成年的招牌,就可以替人家顶包,到头来怎么死的都不知道!"

她强撑着哼哼:"我愿意为他死,关你屁事。"

我在椅子上坐下:"悉听尊便。"

"你以为你很了不起吗!会点三脚猫功夫,就可以这样随随便便地教训我?"她显然被伤了自尊——可以想象,在她这样的年纪,自尊可能是她唯一拥有的东西了,"你敢说,你从没被男人骗过?从没被男人打过?从没为男人奋不顾身过?如果真是这样,那么我真不知道该恭喜你还是同情你,欧,巴,桑!"

我微笑着说:"至少我不会贱到被人卖了还替人数钱的地步。"

"我要杀了吴媚媚那个臭八卦婆!"她猛地推开我就往门外冲去。我一把拉回她。她转过身想咬我手臂,我灵巧地避开。她重心不稳,又跌坐在地上,地板砖有些滑,她爬了两下没爬起来,干脆就坐在那里嚎啕大哭起来。

我总算了解方律师嘴里的"神经质问题少女"到底是什么意思。难怪他要选择先去洗车而把这个烫手山芋扔给我来对付。

"我再问你最后一次,本月13号,也就是上周五晚上七点一刻,你在哪里?"等她哭够以后,我走近她,蹲到她身边,递给她一张纸巾,换了一种态度,温柔地问。

"你丫是复读机么?"她说。

我笑,并不是觉得她幽默,而是她一张脸哭过后花得像一块扎染的花手绢,我实在忍不住。

"我挺幽默吧。"她恬不知耻地问。

"还行。"我说。

"律师在办公的时候可以随便笑吗?"

"我只是个小助理。"我答。

"好吧。"她说,"既然你这么想知道,告诉你也无妨,那晚我在网吧。上网上到早上七点多,然后我就坐飞机去上海看陈奕迅的演唱会了。很High的哦,你有没有看过?"

"一个人?"

她警觉地看我一眼,不答。

"其实在这之前你们吵架了,所以那一整个晚上,你们都不在一起对不对?

她伸出手一把拉住我挂在胸前的挂坠，夸张地喊道："喂，这么有个性，一看就是男人的东西哦。好看死了，送给我吧！"

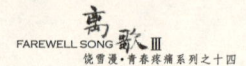

而且,你一直打他的电话,但是他都关机,对不对?所以那些毒品,其实跟你一点关系都没有,对不对?你非往自己身上扯,就是想逼你妈妈花钱替他请律师对不对?"

"我都不知道你在说什么。"洛丢丢从地上爬起来,一直爬到沙发上,在沙发的角落,抱住自己,不再说话。过了好一会儿,她才小小声地说:"其实你们不用这么麻烦去找证据证明他很花心啥啥的。我早就知道他有很多女朋友,但他那么帅,对我那么好,人前人后都叫我老婆,吃个葱油饼还分我一半,我舍不得。"

我不得不对90后的审美深表怀疑。至少从照片上看,那小子黄头发,小眼睛,一副一辈子都睡不醒的样子,我真不知道"帅"字从何来。

更何况,葱油饼很值钱么?她舍不得的到底是什么?

"你恋爱过吗?"她表情不屑地说,"不过你长了副老姑婆样,那种没有他就活不下去的滋味你一定没有体会过吧。所以,你不会懂。我说了也是白说。"

我从方律师桌上拿过一张白纸,一支笔,对她说道:"不说也行,你把那一两天和贱贱之间发生的事情经过都写在这上面。记住,要事实,不该写的千万不要乱写。"

"你替我写。"她把纸推给我说,"我不会写字。"

"好吧。"我无奈地对她说,"你说,我写。"

她端坐到沙发上,咳嗽两声,开始:"那是一个风和日丽的清晨,蓝蓝的天上飘着朵朵的白云,朵朵的白云下面飞着只只的小鸟,有一只小鸟的翅膀上,不小心粘上了一块口香糖,所以她飞不动,啪的一声,掉了下来,摔死了——咦,你怎么不记录?"

"继续,"我说,"我记有用的就好。"

"没了。"她凑近我跟我谈条件,"这样,如果你可以救他,你想我咋说我就咋说,如何?"

"怎么救?他确实做了错事,不仅我,方律师,你妈妈,任何人都救不了他。反倒是你,作伪证罪责难逃,你想清楚了。"

"我很不喜欢别人威胁我的。"她说。

"看来你喜欢别人揍你。"我说,"别说我没提醒你,少管所的警察真的会打人。你吃饱了撑着硬要把自己往里面塞,谁都没办法。"

"你这么说,我才发现我饿了。"她眼光闪烁地说,"没吃饱我什么都想不起来。"

很好。我问她:"想吃什么,我去替你买。"

她不信任地看我一眼,意思是"你有这么好?"但紧接着就像模像样地吩咐我:"麦当劳的辣鸡翅,要四对,再加个红豆派。当然有杯热可可最好不过。对了,钱找吴媚媚要,我没钱。"说完这些,洛丢丢忽然两眼放光地盯住我的胸口,我未反应过来,她已经伸出手一把拉住我挂在胸前的挂坠,夸张地喊道:"喂,这么有个性,一看就是男人的东西哦。好看死了,送给我吧!"

我把挂坠猛地从她手里夺回,起身把纸笔拍到桌面上:"给你半小时,老老实实写,我去给你买完麦当劳回来收。"

她不满地嘟起嘴,眼睛仍好奇地看着我胸前那玩意。

"送我嘛。"她说,"送我我就什么都说。"

我真不知道该羡慕她还是轻视她,人命关天的事,在她看来不过是儿戏。

我对着她流利地背出:"依照《刑法》第347条规定:走私、贩卖、运输、制造鸦片二百克以上不满一千克、海洛因十克以上不满五十克或者其他毒品数量较大的,处七年以上有期徒刑,并处罚金。利用、教唆未成年人走私、贩卖、运输、制造毒品,或者向未成年人出售毒品的,从重处罚。从贱贱和他朋友身上搜到的海洛因是一百二十克,是挺身而出还是自我保护,你好好掂量掂量吧!"

对付未成年少女的唯一方法就是恐吓加威胁,包治百病。对这个神经兮兮不懂礼貌的洛丢丢尤其应该如此。

我背诵完,满意地看了她发白的小脸一眼,迅速走到门边,拉开门走了出去。

（2）

如果想要忘掉一种东西的存在，最好的办法就是让它一直在那里。

对我而言，胸口的挂坠就是这样。

我承认我很珍惜，因为那是他留给我的唯一纪念。有时我会天真地想，他的护身符，如果我好好保护，想必他也会过得不赖吧。那年冬天，当他像空气一样从我的生活中消失以后，我也曾经试图想要伸手抓住些什么，以此来告慰我单薄伤感的初恋。但很快我就发现这是一件不可取的事，他不会再回来，我的17岁不会再回来，往事不会再回来，甜蜜伤感统统都不会再回来。要来的永远只有一个又一个的明天，不管你愿不愿意喜不喜欢，每日清晨睁开眼，它都会准时地好脾气地再次降临。

多多少少有些遗憾的是，故事从一开始就注定了：这些都只能是我一个人的，没有他参与的明天。

高三毕业那年我还去过艾叶镇，那个曾经在建设中的小花园早就面目全非，写着我名字的小木牌也早就不知道去了何方，四周除了青草，一片荒芜。唯一还在的是夏花住过的那个房子，斑驳苍老，却在阳光的照射下显得别有韵味。

厨房的门没锁，我推开门进去，灰尘簌簌地从屋顶掉落。灶台上的铁锅锈迹斑斑，我仿佛还能在空气中闻到中药奇异的香味。据我猜测，阿南和夏花就是在那年夏天分开的，除了那一次偶然的偷窥，我从不曾再见他们亲昵，当然也未曾听过他俩吵架。为了给他俩的爱情更多的发展空间，不至于让他觉得难堪，高三那年，我差不多都是在学校里度过。偶尔回趟家，也谈笑风生，绝口不提任何。在那些心照不宣的日子里，我虽然一直努力做一名局外人，但也清楚明白地知道他们一定是分手了，因为阿南又住回了家里，每天晚上都半躺在沙发上看电视，很少出门，无心打理超市，再也不听邓丽君的歌。

我心里的感觉很怪，说不清楚到底是遗憾，还是释然。

那些日子他老得很快。我大一寒假回家过春节，感觉他已经换了一个人，头发半白，语速更慢。我给他买了维生素E片和深海鱼油，他并不埋怨我省吃省喝乱花钱，而是按药盒上的规定乖乖服下。

说穿了，全天下的失恋人都是一个样子，再痛不欲生也总有一天风轻云淡。所以，我并不是很担心阿南，我相信他会好起来，就像当年失去林果果。他日收拾一颗破碎的心，必定又是一条好汉。

时间是用于遗忘的最好的药片。

而我，如果不是遇到那个脑残90后洛丢丢，此时此刻胸口也绝不会像挂了块烙铁般地透不过气来吧。

我在律师事务所的走廊里深吸了一口新鲜空气，准备到休息室去喝杯咖啡稳定一下心情。推开门才发现屋内另有其人，我们互相都吓了一跳。她吓到可以是因为我的唐突，而我，则实在是因为她的美丽。

她并没化妆，但皮肤很白，一袭黑衣，气质出众。我见过很多"美女"，但她真的很不一样，最重要的是，她眼角含泪，正拿纸巾轻拭，不知道为何事悲伤。

不过出入律师事务所的人，想必遇到的事都不会是什么顺心的事。

"对不起。"我很不好意思地说，"您是等方律师吧，他很快就回。"

"你是马卓吧？"她站起身来，"我们通过电话。"

我惊讶。

"我是洛丢丢的妈妈。"她说。

我呆住。原来她竟然就是传说中的吴媚媚！关于洛丢丢的事，我们之前曾通过

数次电话。但说实话，眼前的吴媚媚和我想象中那个还是差得太远。经验害死人，我一直以为身为富婆的她一定是体态丰满，珠圆玉润。却没想到她是如此年轻漂亮，水嫩鲜活，如果说她是洛丢丢的姐姐，我想十人中也有九人半对此深信不疑。

"这几天，丢丢的事真是麻烦你了。"她感激地对我说。

我的脸就要红了。其实说起来，我连方律师的助理都算不上，我只是一个小实习生，法学院还没毕业，因为师姐介绍，才可以得到这么一个实践的机会。我所能做的，真的太少太少了。

她小心翼翼地问我："她看了那些东西怎么说，愿意配合吗？"

"为什么你不自己去问她？"我说，"她就在隔壁。"

"算了，还是别让她知道我在这里，她看到我，只会发脾气。"吴媚媚叹气。

老实说，我真没见过如此怕自己女儿的母亲。

我安慰她："放心吧，她应该知道此事非同小可。"

她的表情看上去放松了一些些，但转瞬又很担心地说："马小姐，我真不知道该如何感谢你。但是，我有一个不情之请，请千万不要跟丢丢透露，那些资料是从哪里来的，好不？"

"好。"我说。

看来美貌的确和智商成反比，反正如果我是洛丢丢，就是用脚趾头想我也知道这事是她干的。这种刻意的隐瞒真是一点意义都没有。

"养女儿像你这样多好。"她又叹息，"我没这个命。"

她哪里知道，我也没有洛丢丢的命，因为在我15岁的时候，我早就没有一个可以为我叹息的妈妈了。

她看着我幽幽地说："不瞒你说马小姐，我真的是快要崩溃了。每天呆在家里都担惊受怕，不知道她忽然间会闯什么祸出来。你说这一次居然跟毒品有关，不是要命么！她要真有什么事，我也不想活了，我们母女俩不如一起绑了去见阎王，反倒落得个轻松快活！"她一面说一面用那双大眼睛盯着我，真是楚楚动人，我暗自无聊地想，不知道这世间有几个男人能抵抗得了这种眼神。

我笑："哪有那么严重。不过吴女士，你有没有想过，要了解自己的女儿，不一定非要用私人侦探的。"

当着她的面叫她女士真需要勇气，她看上去确实，真的，太太年轻了。

"我实在没法子。"她苍白地辩解。

"你知道她喜欢什么颜色吗？"我问她。

"红，黄？"她摇摇头说，"她就喜欢把自己弄得人不像人鬼不像鬼的。"

"我猜她喜欢宝蓝色。因为她身上最重要的东西都是宝蓝色的。"

"是吗？那我还真没发现。"吴媚媚说。

"那你知道她喜欢听谁唱歌吗？"我又问。

"周杰伦还是王力宏？"她答完又摇摇头说，"她哪有闲情雅致听什么歌，整天就知道疯玩。"

"错了，她喜欢陈奕迅。"我说，"她跟自己最喜欢的男孩吵完架还能一个人去上海看陈奕迅的演唱会，可想而知她有多喜欢他。所以吴女士，恕我直言，你跟你女儿之间隔了个宇宙黑洞。或许，她并不是你想象的那么浅薄无知。"

"她不愿意跟我说话，要么不回家，回家就把自己关房间里，"吴媚媚说，"你叫我怎么去了解她？"

"她不愿意跟你说话，最大的可能是，你讲的话她不愿听。你试试，去相信她，鼓励她，多陪她，或许会有转机出现。"

吴媚媚看着我，好像听不懂我在说什么，又好像很感兴趣。

"她自尊心很强，自信心又不够，所以喜欢做过激的事。她过早离开学校，跟你没有共同语言，所以觉得寂寞。她无所事事，才和那些你不喜欢的人混在一起。她只有15岁，却喜欢把自己伪装成大人，所以，她活得比谁都累。"

"是这样么？"吴媚媚试探地说，"难道你不觉得她是无可救药的么？"

"当然不。"我摇头。

"不怕你笑，有好几次她闹得出格了，我恨不得亲手杀掉她。还有朋友甚至建议我送她去监狱关上两年。"

"对不起,也许是我站着说话不腰疼,但我真的觉得你不要太担心,问题少女,我也接触过一些些,我的经验是,当她们长大后,大都会不治而愈。"

"长多大?"她问。

"20吧。"我说。

她笑,绝望地说:"我真怕丢丢活不到那个年纪。"

"怎么可能?"我说,"有你这么疼她的妈妈,她应该更好运一些。"

"丢丢也这么想就好了。"她叹息。并不忘记礼貌地表扬我:"方律师夸你聪明能干,果然不假。"

这回我的脸是真的红了,避开她的眼光对她说道:"您坐坐,我去趟麦当劳就回。丢丢说她饿了。"

我刚走到门边,她喊着我名字追上来,硬要递上好几张百元的人民币给我。我想了想,抽出其中的一张,对她说:"足够了。"

"我在这里等你回来。"她孩子一样地说,"马卓,我想我们还应该好好聊一聊。"

我关上门才想起,她笑起来,很像一个人——天中曾经的校花于安朵。自从她转学到南京以后,我就很少再有她的消息。听说她后来考上了电影学院,但没等毕业就去了英国。我们曾经加过QQ,但她的头像一直都是灰的。她刻意地疏远过去,肯定是想决绝地远离。只是不知道时隔多日,她是不是也和我一样,还在慢慢地学习忘记呢?

（3）

我刚下楼，就看到肖哲埋头冲过来。

他穿了一件灰色的羽绒服，冻得两颊发紫。撞上我，咧嘴一笑："这么巧？"

"你怎么来了？"我问他。

"顺路啊。"他又来了，撒明明白白的谎还理直气壮得很。

我带他到不远的麦当劳，买了两杯奶昔和他面对面地喝。也不知道他在学校到底吃不吃饭，看上去越发瘦了，像根麻杆。

我三下五除二地解决了那杯奶昔，对他说："我得回去了，事务所有事，今晚肯定要加班。"

"我可以等你。"他说，"离这里不远有家书店。"

"没书店开到半夜的，"我说，"你要无聊，就去替颜舒舒发货好了。"

"我才不干。"他说，"上次替她填快递单，从晚上填到早上，手都填麻了，她连水都没请我喝一口，真是小气。再说我今天来，是请你吃饭的。"

"为啥要请我吃饭？"我吃惊。

"我生日啊。"他生气地说，"我发现从你第一年忘掉我的生日后，就一次都没有记起过，是不是很过分啊。"

还真是的。

我只好说："你不也扔了我生日礼物吗？到底谁过分啊。"

他嘿嘿地笑，笑完后冒出一句沧桑的屁话："我们都老了。"

"是你老哈，别扯上我。"

"当然当然。"他说，"你天山童姥。"

我可没那么多时间与他斗嘴，只能对他说："这样吧，你还是去颜舒舒那里等我。我下班后去找你们，然后我们去Happy，好不好？"

"好的。"他很开心地说，"再晚我们都等你！"

"祝你生日快乐！"我用空空的奶昔杯和他的杯子相碰，他看着我，表情严肃地卖关子："一定要来，有惊喜噢。"

我抱歉地说："你就别惊喜了，我还没买生日礼物给你呢，你看我连上街的时间都没有。只能回头补上了。"

"不用啊。"他说，"你的惊喜就是我的惊喜！"

我正在琢磨他牛头不对马嘴的话，他又说道："你干吗老要加班啊，你跟那个律师到底怎么样，是不是正人君子啊？"

真不知道他整天担的都是哪门子心。

"多穿点。"我提醒他，"天很冷的。"

他嘿嘿地笑："没事啊，我见你就热血沸腾。"

他一开自以为幽默的玩笑，气氛就不算融洽，我就只能闭嘴。

告别肖哲后，我拎着一袋热乎乎的麦当劳回到方律师位于12楼的办公室，眼前的情景却是我完全没想到的。

只见洛丢丢骑在窗户上，俯下身子两只手紧紧地抓住窗框。牙关紧咬，面色狰狞。一场"跳楼自杀"的好戏码看来正在上演。

吴媚媚和方律师均站在离她约三米远的地方，吴媚媚正在低三下四地求她："丢丢，你先下来，你下来妈妈什么都答应你。"

我注意到洛丢丢的眼角迅速地闪过一阵狡猾的光，但她依然万分悲痛地用朗诵一样的口吻大声喊道："你不要管我了，我死了，你不就什么都不用烦了！"

我毫不怀疑她在演戏，因为当我进去的时候，她的眼光不由自主地停留在我手

上的麦当劳纸袋上长达五秒。试想想,一个连生命都准备放弃的人,怎么可能还记得肚子的需求?更何况,真正的自杀我又不是没见过,当于安朵用小刀片一下一下划自己的手臂时,脸上表情哪有她这么丰富多彩。

当你真正无所谓,唯一的表情只能是冷静。

"小心掉下去。"我把麦当劳放茶几上,提醒她,"先吃吧,吃饱了再跳也不迟。"

她抬头狠狠瞪我一眼,显然对我这个半路杀出的程咬金极度不满。

"别乱说话。"方律师小声叮嘱我,示意我站到他身后去。

与此同时,洛丢丢为了表示对我的示威,身子已经慢慢地倾斜向窗外,吴媚媚尖叫一声,伸出一只手,又怕吓到女儿,赶紧再缩回去,过好半天只艰难地吐出一个字:"别……"

"下来吧。"方律师哄她,"有方伯伯在,有什么事情不好解决呢。"

"我恨你们!"洛丢丢扯着嗓子尖叫。余音绕梁,数秒不绝。

眼前的状况看上去确实是有点乱。

但奇怪的是,我并不慌张,因为我有足够的把握洛丢丢不会往下跳。从刚刚和她之间的交锋我就知道,她没有这个胆量。她要的,不过是一个任性的结果,她认为只要她妈妈肯花钱肯让步,她和她的小男朋友都不会有事,今晚就可以再去网吧刷夜或者去蹦迪或者干脆飞去哪里再看一场陈奕迅的演唱会。

很显然,她是一个被宠坏的玻璃娃娃,然而这一切并不全是她的错。

我对方律师说:"我刚才跟叶贱贱通过电话了,他说……"后面的话,我故意说得很小声,她要不好奇,我算她有本事。

"他说什么?"洛丢丢果真骑在窗户上朝我喊。

我和方律师心领神会地对看了一眼。

"我问你他说什么!"洛丢丢喊着,猛然从窗口跳了下来,"我警告你,你要是敢瞒我,我会给你好看,把我惹毛了,再跳一次,也很容易。"

还算聪明,给台阶就下。

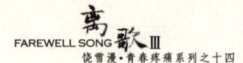

站在我前边的吴媚媚拍拍胸口,一口气好不容易缓上来,上前去拉住女儿就不放手。方律师也三步并作两步跑上去,把窗户给牢牢关紧,还用力推了推。

"他说什么!"洛丢丢抛下惊魂未定的两人,径直冲到我面前,昂着头问。

"没什么,"我笑着说,"我忘了。"

"操你娘!"她被我捉弄,不肯饶我,一把抓住我的衣领要和我纠缠对打。这丫头生起气来蛮劲还挺大,我一不小心就被她压到地上,我俩在地上滚了一圈,她嘴里的热气喷到我脸上,鸡爪一样的手死死掐住我的脖子。说实话我并不疼,我也知道她伤不了我。我让她一手只是想给她出出气,出完气自然会冷静很多。

我最担心的是她会不会吐我一脸口水,除此之外,怎么都行。

方律师和吴媚媚合力将她从我身上拉开,她被他们一人拉住一只手臂,依然双手握拳对着我咆哮:"有种单挑啊,打不死你个狗日的#%＊＊%＊¥＊@&#%……"

粗话品种还真是花样繁多层出不穷。

"好了好了。"吴媚媚劝她说,"丢丢,我们先回家,有什么事回家再说。"

洛丢丢紧盯着我,终于停住了满嘴的谩骂,转而诡异地笑了。她笑完后,居然语气温和地对吴媚媚和方律师说道:"我不要回家,我要跟这个姐姐聊一聊。她要我写的东西,我还没写完呢。"

方律师征询地看着我,我对他点点头,表示我可以搞定。

"放心吧。"洛丢丢摇头晃脑地说,"这位神仙姐姐有功夫,我打不过她的。"

一秒钟一百种表情,要不是我提前对她有足够的了解,我真怀疑她是不是有神经病。把方律师和吴媚媚送出门,洛丢丢立刻跑到我身边来:"谢谢你哈,最佳女配角,要不是你及时出现,我真担心我吓晕过去,他妈的没想到那么高!瞧我这记性,12楼啊,还以为是在6楼来着!"

"救命之恩你该如何报答?"

"喂,你跟我说实话,我到底能不能救得了我家宝贝叶贱贱?"

"救不了。"我说,"你好好想想,如果你硬要把屎盆子往自己身上扣,你妈妈无论如何都会替你洗清楚。最关键的是,为了洗掉这一笔,你们还得花掉一大笔钱,到头来,叶贱贱该关几年还是关几年。你算算值不值得!"

"那,如果我妈和老方肯帮忙,贱贱会不会减刑?"

"在法律允许的基础上,当然可以。"

"我他妈不要听模棱两可的话!"她又沉不住气,开始乱吼。我给她做噤声的手势,然后指指茶几上的麦当劳的袋子。她坐下,打开来狼吞虎咽。啃完第三只鸡翅后,她满嘴是油地对我说:"好吧我信你,听你的!但你要是敢骗我,我就真找人打你。"

我说:"你要真找人打我,我就真找人把你抓起来。"

她啃着第四只鸡翅,口齿不清地教训我:"你不跟我顶嘴不行吗,不要忘记了,我是你的客户哦。"

"好吧。客户大人,麻烦你先做完你的功课。"

"没意思。"她把鸡骨头投到不远处的垃圾篓,没投准,掉在了地上。我走过去,弯腰替她收拾残局。

她在我的身后问:"尊姓大名?"

"马卓。"我答。

"干助理一个月挣多少啊?"

"很少。"我说。

"你有男朋友么?"她还真是八卦。

"不关你事。"

"我很想知道哦,到底是什么样的男生,可以镇得住你这样的猛女。我看出来了,方大伯伯明显不行哦。"

我警告她:"你再胡说八道,我就告你诽谤。"

"我未成年!"她又来了。

我作势要抽她,她识相地投降:"好了,好了,单身女郎助理小三马卓阿姨,我怕了你了,行不行?"

我把白纸往她面前一推:"不能光说的,得用行动表示。"

她把纸推回来,得意洋洋地在我面前晃着身体说:"不过你也别太得意了哈,我跟你打赌,24小时之内,你一定有事来求我,你信不信?所以,你最好还是记一下我的手机号码,不然到时候找不到我,我担心你会急得七窍流血,不幸身亡啊!"

说完,她一把扯回那张白纸,写下一排难看得要死的数字,把笔扔到一边,下定决心地对我说:"我已经决定了,大义灭亲,让叶贱贱去死!"

(4)

深夜的北京，温度已接近零下10度。

走出办公楼，我没注意地面的冰雪，脚底一滑。幸亏走在我身后的方律师拉我一把，我才不至于摔跤。

"马卓，我送你吧。"方律师说。

尽量不麻烦别人是我的宗旨，但现在公车地铁都没了，这么冷的天，就算打车估计也要等上好一阵子吧。我正在犹豫，忽然就看到了站在马路对面的肖哲。尽管他戴着一个厚厚的雷锋帽，脸挡住了一大半，我还是一眼就认出他来。他站在一根电线杆的旁边一动不动，好像和它在比赛谁能更直一些。在他左脚边上，放着一个安安静静的生日蛋糕。

他应该是看见了我，但他没有任何动静。不知道他维持这种"另类麻豆"造型到底有多久，我真怀疑他是不是真的被冰冻了，以至于智商思维统统归零。

"谢谢你。"我对方律师说，"我可以自己回的。"

"有人接，我就放心了，明天见。"方律师的眼光望向马路对面，了然于胸地拍拍我的肩，转身走了。

我一路小跑到肖哲面前，抬起头看他。雪花不知何时细细地飘起来了，路灯下，肖哲的眼神显得空洞而又奇怪，像是被谁念了什么跟立定术有关的咒语。

"喂！"我用力推他一下，大声向他喊："发什么呆呢！"

他还是不理我,我就知道他又开始犯病了。不用说,一定是埋怨我忙得太晚了,没能和他一起庆祝生日。

"今天好多事情,所以一直加班到现在。"我伸出一只手替他把地上的蛋糕拎起来,另一只手拖住他说,"我们快去路口打车吧,快要冻死了!"

他挣脱我,闷声闷气地说:"你真的是加班吗?"

"你以为呢?"难不成他以为我在办公室唱卡拉OK?

"为什么要加到这么晚?"

"没忙完呀。"

"都忙什么呢?"

"肖大律师,"我没好气地说,"我都工作了一天了,你能不能不要继续审问我了?"

"你骂谁呢,"他说,"可别叫我律师,我最烦律师。"

我瞪他一眼。

"那个人,我看不顺眼。"他终于说到正题上,"没事拍你肩干吗,动手动脚的人最没修养。还有啊,我见过实习的,没见过你这样实习的,小心别人打着工作的幌子……"

我没等他说完,把蛋糕放回到地上就走。我最烦他喋喋不休的时候,肖哲从来就是一个电台男——像一台冰冷的收音机一样不厌其烦地兀自播放,以为这样就叫沟通了。更关键的是,既然见面只想教训人,他何必这样深更半夜天寒地冻等在这里!

"马卓!"他在我身后大声喊我。

我没理他,不给他点颜色看,他说话永远都不知道轻重。

"马卓同学!"他又喊,但语气明显委婉了许多,"你又错过我生日了,难道连句

道歉也没有么?"

我走回去,扬起手腕上的表对他说:"你看清楚了,11点55分,你还在过生日,大寿星,对不起,生日快乐,OK?"

"我来不及许愿了。"他焦灼地说。

我弯下腰,三下两下替他拆开蛋糕,找到蜡烛插上,问他:"有火不?"

"有必要这么前卫么?"他一面充满怀疑地问,一面却很配合地蹲下身来,掏出打火机递给我。

我把蜡烛点燃,他不看着蜡烛,却偏偏看着我的脸。小声夸我说:"你总是这么有创意,佩服。"透过他厚厚的眼镜片,我发现他的眼底有一层浅浅的灰,嘴咧着,活脱脱像一只青蛙。我看了看手表对他说:"快点许愿啊,过了12点或许就不灵了。"

"许什么好呢?"他把他的雷锋帽取下来塞进怀里,双手合十,闭上眼,叹口气说道,"好像每一次许愿都是许这一个,就是不知道哪一天能真正实现。是不是应该趁早换一个,才算是聪明呢?"

可是,还没等他说完这些又长又唠叨的自问自答的话,一阵疾风已经迫不及待把蜡烛给抢先吹灭了。

还好他没注意,估计正沉浸在那些美好的愿望里。

我用手指挖了一点奶油,飞速擦到他的鼻子上。他却一把抓住我的手指,大声问我:"难道你真的一点儿也不关心我的愿望么?"

雪开始越下越大,落在他的眼镜和鼻梁上,这让他看上去像座丰碑,立在雪地里挪不向前的英雄。

"你笑什么?"他不解地问。

"笑你好笑。"我说。

"那随便笑随便笑,只要你高兴就好。来吧,我分蛋糕给你吃。"他说,"你必须吃一点点,这才有助于我愿望达成。"

"好。"我正好又冷又饿,不介意此时此刻站在电线杆旁吃一块甜甜的生日蛋糕。肖哲俯身，小心地把蛋糕上的生日蜡烛取下来，丢到附近的垃圾箱，又飞快地跑回来，郑重地切了一小块蛋糕放到纸盘里，再放到我手心上。然后，他自己也切了一块，一边吃一边对我说："长这么大，我还是第一次在飘雪的马路牙子上许生日愿望和吃生日蛋糕，嘿嘿，真说不出是浪漫还是悲哀！"

"用词不当！"我批评他，"哪来的悲哀？"

"没家的悲哀！你想想，如果此时此刻，我们呆在温暖的家里，有个很大的客厅，柔软的地毯，一扇看得见京城万家灯火的落地大飘窗，一杯红酒，哦不对，两杯红酒，夫复何求呢？"

最后五个字，他说得很抒情很用心。我只能塞下一大口蛋糕，装作被噎住，发不出半个音。

"你冷不冷？"他三口两口吃罢，从怀里取出他的大雷锋帽来给我戴上。帽子被他的体温捂热，冰凉的耳朵忽然感受温暖，就有些轻微的耳鸣。

"对了马卓，"他说，"我说的那个惊喜你要不要听？"

"说啊。"我把那个粉色的蛋糕纸盘捏在手里，抬眼看着他。他的样子看上去和刚才那个伤春悲秋的他大不一样，眉间一看就是藏了个天大的喜讯。其实从考上大学起，他就不停的有好消息告诉我。拿全院最高的奖学金啦，很多种比赛项目的第一名啦，买对股票赚得人生第N桶金啦，种种利好消息对他而言是家常便饭，我早就习惯。

其实我最欣赏他的，也正是他身上那种永不放弃的精神。不管做什么，他好似都充满激情自信满满，比起我们学校好多永远在宏伟的计划中原地徘徊的男生，肖哲这样的人，在当今社会，确属稀有品种。

我一边等他宣布他的大好消息，一边弯下腰收拾地上的蛋糕，准备带回去和宿舍的姐妹们分享。今天这么晚，又要吵醒她们，真是不好意思。坦白说律师事务所的工作比我想象中要累很多倍，但我的倔强不允许我退缩半步。

直到他在我头顶上像唱歌般大声宣布："算了算了，不让你猜了，我还是直接告诉你吧，阿南叔要搬来北京了！"

"你说什么?"这下我是真的耳鸣了。

"你爸,阿南叔,要搬来北京啦!"肖哲兴奋地说,"他在亚运村买了房子,两室一厅,今天通知下周交房!过完年你在北京就有家了!真让人羡慕啊。不过我也会奋斗,努力赶上你们的!"

"什么时候的事?"这消息对我而言,无异于晴天霹雳。

"一年前就在计划了,房子定金还是我替他去交的。他怕你有意见,所以一直瞒着没告诉你。不过我想,你应该高兴才对吧,又可以跟爸爸常在一起了。你家那地儿我知道,离地铁也不远,挺方便的。"

"房子多少钱?"

"我不太清楚,"肖哲说,"两万多一平方吧,北京的房价,是很离谱的。一套下来怎么也要两百来万才够。"

"他哪来这么多钱,是贷款的么?"我觉得我就要哭了。

"这些我真的不太清楚呢,"肖哲说,"不过马卓,你不用担心这么多的吧,阿南叔不是那种瞎来的人,他做事有分寸的,你相信他就好。"

"你懂什么!"我生气地把蛋糕往他怀里一扔,他没接住,蛋糕整个掉到地上。估计再捡起来会变得惨不忍睹,但和我此时此刻乱七八糟的心情比起来,又算得了什么呢。

我把他的破帽子扔回给他,裹紧自己身上的大衣,疾步往路口走去。天已经够冷了,可是我觉得我还需要冷静。

"马卓!"他跑上前来拉我,我推开他继续走。

他跟在我身后碎碎念:"阿南叔这么做,就是希望你毕业后铁了心留在北京,不要为了他回到那个没有发展的小地方,他的一片苦心,你一定能体会的吧。所以,马卓,你应该要高兴,不然他会扫兴的!"

"这是我家的事。"我转身对他说,"与你何干呢?"

他显然不知道该如何回答我,只是半张着嘴,表情尴尬。

一口一个阿南叔,想必这些年,他和他之间,什么该谈的都谈过了吧。但是,

就算他们惺惺相惜，也无权背着我去做任何与我有关的事，或者胁迫我做出什么决定。不管出于什么样的目的，我都不会喜欢。

雪越下越大，飘落在我的脸上，可我却感觉到脸上有热气，它们蒸发到我头顶，又缓缓地降落，直至将我整个人包裹得紧紧的，令我快要窒息。我不能确定肖哲是不是还跟着我，当然他一定是在跟我，但是我也不想回头看，如果他真的当我是朋友，总有一天会理解我不可理喻的怪脾气到底从何而来。

只是他，他已经快五十岁了，他已经为我付出太多太多，他到底要我欠他到什么时候？他到底要何时才会明白，我已经长大，我再也不是那个需要他时时刻刻照顾的孤儿马卓了呢。

(5)

颜舒舒的家,在12楼。

每次去她家,她都会放那首莫文蔚的《十二楼》应景:"工作了一整天只喝了一碗热汤。呜,只有爱让人心情舒畅。呜,爱让人兴致高昂……"

她跟着唱,学得惟妙惟肖,唱完一把抱住我呼天抢地:"马卓,我再不恋爱就要死了!"

记忆里,除了和肖哲之间的暧昧,她真是一直没有恋爱过。她高考考得不好,去天津的一所民办大学读人力资源。那不是她喜欢的东西,在学校做生意又被同学排挤被校方警告,所以读到大二她就退学了。一向很有商业头脑的她来到北京,带着几个小妹妹,租了一个七十多平方米的小房子,在网上开了个服装店,干得风生水起。

网店的事很琐碎,好在她喜欢,所以从未听她抱怨。天道酬勤,她的店越做越有名气,据说生意最好的时候,一个月能有十几万的进账。她买了一辆红色的小车,天天开着它去进货,还动不动就去韩国日本跑一趟,带回一大堆令妹妹们尖叫的好东西。

她天生该干这一行,想不发财都难。

比起她和肖哲来,我真是羞愧,大学这几年,除了做家教挣过一些小钱,生活费还大都是阿南供给。暑期我回家,想到他超市里帮帮忙,他都不肯。他总是不喜欢我在外面打工，总是说女孩子没毕业前只要读好书，毕业后只要好好工作就可以，不要整天想着赚钱的事情，不好。

我明白他所谓的"不好"指的是林果果。他一定不希望我重复妈妈的命运，所以才对我严加管教，而我只是不想他不开心，所以愿意依着他。

但我心里自有我的底线——我是一个有理想的人。从初一开始，我就肯定了这一点。我一定要成就自己的一番事业，不只是为我，更多的是为他。我希望他为我而骄傲，我希望当他年老的时候，我有足够的能力让他过得衣食无忧。

如果我连这点都做不到，我有什么脸面生存在这个世界上？

方律师是业界响当当的人物，所以，当学姐问我如果没有报酬愿不愿跟着他实习的时候，我想都不想就同意了。"机遇"这个词，和"错过"这个词是万万不能有交集的，这一点，我比谁都深谙于心。

颜舒舒租的房子，是一幢很旧的电梯公寓，过了12点，电梯就会停。楼道里一片漆黑，我费了好大的劲才爬到她家门口，按了半天门铃却没人来开。以为她不在家，正准备离开的时候门却忽然打开了。颜舒舒站在门口，穿了一条花得不可理喻的睡裙，眨着眼睛问我："马卓，怎么会是你？"

我问她："那你希望是谁？"

"Sam Worthington。"她迎我进屋，打了个大大的哈欠。

"没听说过。"

"马卓你是不是还生活在80年代？"她拍我一下说，"别告诉我你不知道《阿凡达》，我都快因为去不成潘多拉而得抑郁症了。"

我看着她的眼睛说："你哭过？"

依我对她的了解，我敢肯定她哭过，因为她的眼睛肿得像核桃，说那些不着调的话无非是想转移我的注意力。

"哪有，没睡好而已。"她避开我的眼光，指着客厅里堆成小山的衣物对我说，"我本来三个客服，一个爷爷死了，请假回老家了；一个走路走得好好的摔了一跤，骨折住院了；还有一个今天大姨妈来了，肚子疼得下不了床。这两天大大小

小的事情都要自己忙，累得我想把自己拆散了重组一次。"

"那就少赚点呗。"我说，"钱是挣不完的。"

"你说得轻巧。"颜舒舒说，"现在网店的竞争，可谓是真正的秒杀。你稍不注意，就有人把你杀个片甲不留吃个骨头渣子都不剩。不瞒你说，前天在工厂为了抢一批货，我差点跟人打起来！"

我说："好吧好吧，我的颜老板大人，算我不懂瞎说。麻烦你赶紧替我在网上订张机票，我明天想回趟老家。这么晚，学校上不去网了。"

"怎么了？"她很紧张地说，"你家出什么事了么？"

"没事啊。"我说，"我只是想，回去看看我爸。"

"哦，"她指着桌上的电脑说："自己订吧，我要睡觉去了。"说完，她不再理我，转身进了卧室，门重重地关上了。我走到她的电脑旁，发现屏保竟是一个血红的大字：滚！看来果真是心情坏到最低谷。我走到她卧室门口，把门推开，看见她埋着头抱着双腿坐在那张超大的床上一动不动。

"怎么了嘛？"我靠在门边问她。

"没什么。"她说。

"难道真抑郁了？"

"好啦，马卓。"她很不耐烦地说，"你们什么时候真正把我当成朋友过呢，你们都有那么多的秘密，也允许我有一点儿自己的秘密行不行？"

"肖哲得罪了你吧？"我说，"今天他生日呢。"

"不要跟我提这个人！"颜舒舒说，"我现在真的真的非常非常讨厌这个人。"

"我也是。"我说。

"算了吧，"她不相信地说，"他才不会惹你生气，时时刻刻哄你开心是他这辈子最伟大的事业。"

"我爸在北京买了房子。"我说，"我要赶回家劝他把房子退掉。我不想他为我承受太多的压力，这样我们都太累了。"

"马卓你总是这么要强。"颜舒舒伸手唤我,"过来坐。"

我走到她床边坐下,她忽然握住我的手说:"你要是愿意,搬来跟我住吧,要是你怕吵,我可以住客厅里,反正每晚都要工作到半夜。"

"干吗对我这么好?"我说。

"我忽然很怕寂寞。"她说,"这两天客服不在,整天都是我一个人,对着一大堆毫无生气的衣服,连个说话的人都没有。我就在想我这一辈子,是不是就要这样过了,很没有着落的感觉。"

"就为这个哭?"我说,"赶紧找个男朋友啊,像你这样的条件,还不是随便挑。"

"你怎么不恋爱?"她问我,"是不是还想着那个人?"

"你呢,"我以牙还牙,"你是不是也还想着那个人?"

"我哪有什么人呀!"她鼓着腮帮子说,"下午还跟肖哲吵了一架。这下唯一的绯闻男友都没有了。"

果然。

"为啥?"我还真是好奇。

"晚上在这里吃个外卖,他非要跟我AA制。"颜舒舒说,"我就把他臭骂了一顿。加起来才28块钱,你说这么多年朋友了,他为什么总这样腻腻歪歪的呢?难道我们之间的情谊,连28块钱都不值么!"

"可能是想你请他吃大餐吧。"我安慰她。

"我们吵得很凶。"颜舒舒把头放到我肩上说,"什么难听的话都讲了。我想从今天起,我跟他再也不是朋友了,也好,轻松了。"

"每次吵完都这么说,真不明白你们怎么有那么多好吵的。"房间里暖气很足,我起身来脱掉我的厚毛衣,衣服脱到一半的时候,我开始感觉到不对劲。我发现脖子里少了一样东西,是的,他的护身符,不在了。

我在颜舒舒奇怪的眼神里把自己浑身上下捏了个遍,确认了这个事实。

想都不用想就知道是她干的——尤良少女洛丢丢。在方律师的办公室,她气呼呼地冲过来和我拼命的时候，顺势偷走了它。

"怎么了？"颜舒舒说，"你像丢了魂。"

我跑到客厅，在我的包里翻出洛丢丢留给我的那张纸条打她的电话。一直打到第五次，电话都没人接。那个占有欲超强的女生，估计对自己喜欢的东西都要不择手段弄到手才甘心的吧。我知道她是故意的，她这么做只想让我难过。如果我当时对护身符不要表现得那么在乎，给她看上个两眼，或许她就不会这么干了。这个要风得风要雨得雨的千金小姐，哪会对什么东西真正珍惜呢，我真怕她玩够了，把它随手送人或者是干脆扔到大马路上，我想再把它找回来怕就是天方夜谭了。

"你没事吧，马卓。"颜舒舒光着脚从里屋追出来，"你的脸色真是坏极了。"

我一屁股坐到沙发上，正准备打吴媚媚的电话的时候我的手机响了，洛丢丢在电话那头得意洋洋地大喊大叫："姐姐，你找我啊，有何贵干呀？"

"你在哪里？"我问她。

她报了个地名，但她那头吵得要死，我听也听不清。

"才分开多久啊，就想我了，姐姐你真够意思。"我感觉她喝了些酒，因为听她说话口齿不清。不过幸运的是她好像从那个乱哄哄的地方走了出来，至少我能听清楚她在说什么了。

"你听好，"我对她说，"你如果弄丢我的东西，我要你的命。"

"我正不想活呀，"她说，"谢谢你帮我。"

"你在哪里？！"我冲她吼。

"工体糖果。"她说，"半小时后不一定。"

我挂了电话问颜舒舒："我们半小时内能不能赶到工体糖果？"

颜舒舒抬眼看了看漆黑的正在飘雪的窗外，慢悠悠地答我说："不要命的话，可以。"

(6)

颜舒舒将车一路飙到工体，刚驶进停车场我一眼就看到了洛丢丢。她被两个男人架着，左摇右摆地出现在停车场。看她的样子，她好像并不情愿跟他们走，挣扎了好几下，但还是很快被他们推上了一辆黑色的途胜。差不多就在他们上车的同时，越野车迅速掉了个头，飞速地朝着马路上驶去。

车子就贴着我们旁边的车道飞了过去，但一切都发生在瞬间，我连喊都来不及。

"追！"我命令颜舒舒。

"你当我007啊！"她一面倒车一面生气地朝我喊，"马卓你到底搞什么鬼！"

"那个女孩，偷了我的护身符。就在前面那辆车上。"

"那是要命了。"颜舒舒手忙脚乱，半天才把车倒过来。当我们赶到马路边的时候，那辆途胜早已经没了踪影。我们往前追了一阵，车子停在岔路口，颜舒舒无奈地看着我，意思是让我拿主意。

我唯一的主意就是打洛丢丢的电话。然而，接电话的并不是她，而是一个充满磁性的男人的声音，用播音员一样标准的普通话问我："请问哪位？"

"找洛丢丢。"我说。

"如果你是她妈，我有个不幸的消息要告诉你，贵女洛丢丢被我们绑架了，请在明天中午12点前准备好一百万现金为她赎身。否则，会有遗憾的事情发生。如果你不是她妈妈,那就麻烦你将这个不幸的消息告诉她妈妈。谢谢合作。"

"别闹了!"我说,"让洛丢丢接电话!"

"您看我像闹吗?不过为了让你相信,或许我可以在她脖子上划上一小刀,放点血!让你可以欣赏一下她动人的尖叫。"男人的语气变得凶狠。就在这时,我听到电话那头传来洛丢丢哭喊的声音:"妈,救我!快救我!"

直觉告诉我她不是在演戏。

看来我真是命盘不济,好端端遇到了一桩如假包换的绑架案。

我努力让自己镇定下来,对着电话那头说,"如果我可以报出你们的车号,你是不是可以放了她?"

幸亏刚才我眼尖,看到了我该看的东西,并下意识地记住了它后面的四位数:7834。

当我流利地报出这四个数字时,对方显然没想到我有这么一着,过了好一会儿才问我:"您贵姓?"

"GPRS。"绑架事件目前为止还不知道到底真假,保持必要的幽默感是必须。

"G小姐果然名不虚传。"对方看来并不妥协,"不过我觉得我还是需要把刚才的话简略地重复一遍,记住了,时间,明天中午12点,现金一百万,地点等我通知。"

"依照刑法第二百三十九条第一款的规定,犯绑架罪的,处十年以上有期徒刑或者无期徒刑,并处罚金或者没收财产;致使被绑架人死亡或者杀害被绑架人的,处死刑,并处没收财产。你的黑色途胜离开工体的时间不超过五分钟,如果我报警,警察会在十分钟以内堵住你的车。当然,如果你在十分钟之内把洛丢丢送回原位,这件事都可以当做没发生过。"说完,我挂了电话,让颜舒舒把车开回工体旁的马路边等待。

我有把握,他们不敢跟我赌。除非这件事从一开始就只是一个游戏。

"马卓,"颜舒舒熄了火,把车停在路边,点了一根烟对我说,"你为什么选择当律师，干这一行貌似很危险。"

"今晚的事，只是个意外。"我拍拍她的手，示意她不必担心。

"我没事。"她反过来安慰我，"我怕过啥呀。"

我们正说着，就从后视镜看到那辆途胜从后面开了过来，车刚停，洛丢丢像麻袋一样被人从车上推了下来，跌在街边，车子一溜烟开走了。

颜舒舒正要下车，我一把拉住了她，让她稍等。

我看到洛丢丢从地上爬起来，手捂住脖子，路灯照着她的脸，惨白惨白。她走了两步，但好像腿软走不动，慢慢蹲了下去，明显受了很大的惊吓。

我确认那辆车已经走远，这才下了车，跑到洛丢丢的身边，一把扯起她来。她尖叫一声，发现是我，一把推开我大喊大叫："神经病，我要你管！让他们杀死我好啦，我不想活了不想活了，你晓不晓得！"

我挥手就给了她一耳刮子。

她终于冷静下来，继续蹲下去，抱住自己呜呜地哭起来。我又像拖麻袋一样把她拖到了颜舒舒的车上，对颜舒舒说："去医院。"

她的衣领上全是血，脖子应该还在流血，我不知道会不会有危险。

"给我创口贴。"她抽泣，"我要创口贴。"

"你别再动了，小心血崩而死！"我吓她。她终于住了嘴，惨白的一张小脸对住我问，"我真的会死么？"

"说不好。"我说。

"她是谁？"她指着颜舒舒的背影问。

"国际刑警。"我说。

"你别骗我了。"洛丢丢说，"国际刑警才不会听你指挥。"

"我的项链呢？"我问她。

"哎呀，丢刚才那辆车上了。"她说，"他们好狠啊，拿那么锋利的刀割我的脖子，项链断了，叭一声，掉到地上，不见啦！"

颜舒舒把车停到路边说："马卓你把她踢下车吧，小心她的血，别把我的爱车搞得像杀人现场。"

"救死扶伤你懂不懂？"洛丢丢捂着流血的脖子跟她斗嘴，"白求恩你学不学？国际刑警的职业道德你有没有？"

若不是惦记着我的东西，我真想一脚把她踹下车，但现在我只能低声下气地跟她说："那东西对我很重要，你还给我好不好？"

她朝我大喊，眼泪倾刻间飞溅而出："有多重要？有叶贱贱对我那么重要么？可为什么我失去叶贱贱的时候，你们却没有一个人同情我！为什么！我必须让你们体会失去的痛苦，不让你们好过！"

我伸手去揽她："好了，冷静点，小心你的伤。"

她抱住我，哭得天昏地暗。在我的少女时代，我好像从来都没有这么放肆地哭过，也从来都没见人这么放肆地哭过，仿佛世界末日已经来临了，大家都没有什么活路可走。

她说得对，也许我们每个人都只在乎自己的失去。别人的痛，从来都只是别人自己的事。

我拍拍她，她好不容易安静下来，不再说话，任我们将她带到了医院。脖子上的伤很蹊跷，幸亏颜舒舒在这里有个相熟的护士，是她小店的老客户，所以没费太多周折就替洛丢丢处理了伤口。伤不算太重，但很危险，如果再偏差一点点，就有可能伤及动脉丢了性命。我想不明白，一个15岁的女孩子，哪来什么仇家。要不就真是吴媚媚的钱坏了事，才会发生如此的意外。

颜舒舒去买奶茶了，我在医院急诊室的走廊等，正犹豫着要不要给吴媚媚或者方律师打个电话时，洛丢丢从急诊室里走了出来，她眼光躲闪但语气诚恳地说："谢谢姐姐，医药费我改天还你。"

"你知道我要什么。"我说。

"真丢在那辆车上了。"她说，"不过你放心，我一定会给你要回来。"

"那帮人很毒的。"我说，"你最近最好少外出，多呆在家里。"

"大不了一条命。"她说，"你救我一次，算我欠你的。"

"算了，不要也罢。"我说，"走吧，我们送你回家。"

"你是为我放弃你心爱的东西吗？"她忽然笑起来，"我跟你非亲非故，你为什么肯这么做？"

我不回答她。

"那个玩艺儿一定是你男朋友送你的吧。"她故作聪明地说，"而且你这个男朋友离开你了，是吧？"

我把颜舒舒买来的奶茶塞一杯到她手里，希望那粗大的吸管可以堵住她的嘴。

回去的车上，她一直靠在我肩上，突然对我说："我其实很好奇，你说在吴媚媚心底，我和一百万到底哪个更重要。"

"不知好歹。"我说，"你妈对你那么好。"

"算了吧，你们看到的都是表面。"洛丢丢忽然说，"姐姐，今晚我可以去你那里住吗，我不想吴媚媚看到我这个样子。"

"对不起。我住宿舍。"

"哦。"她说，"那麻烦在前面路口把我放下来。"

颜舒舒依她所说，在前面路口停了车，洛丢丢自己打开车门下了车。我才发现，她穿了一件特别薄的棉袄，里面只有那件宝蓝色的T恤。她的背影看上去很单薄，像只扁扁的随时可能被风刮走的风筝。

"别惹她，"颜舒舒警告我，"会是大麻烦。"

"是不是应该把她送回家？"我说，"她妈妈是我们的客户。"

"马卓我真的很累了。"颜舒舒说，"我想回去睡觉。"

"好吧。"我多少有些无奈地说。

然而，我们的车正要开走，却看到洛丢丢飞奔回来，追着我们的车在跑。我打开车窗，就听到她喊："姐姐等一等，我带你去拿项链。"

颜舒舒停了车。洛丢丢追上来，拿着手机对我晃了晃说："现在跟我走，我知道那辆车停在哪儿。项链就在车座下面，一摸就能摸到。"

"不用了，这位小姐。"颜舒舒替我回答，"我们没空陪你玩。"

她大口大口地喘着气:"如果那是很重要的东西的话,还是现在就跟我去吧,否则,明天可能他们就把那辆车开进地下工厂里改装了,到时候车牌也跟着换了。也许就再也找不着了。"

我看着颜舒舒,颜舒舒则质询地看着我,从她的眼神里,我能读出她的警告。可是不知道受了什么驱使,我还是下意识地打开了车门,对她说:"你先进来。"

"往北开。"她敲了敲颜舒舒的背。

"我们先报个警怎么样?"颜舒舒冷峻地说。

"报警?"她冷笑一声,说,"你到底了不了解110啊,他们出个警都要跟你收二百,半夜出个警起码需要一个小时,问话还要两小时,没用的!"

"舒舒,"我说,"麻烦你。"

颜舒舒不情愿地踩下油门,按她所说的方向驶去。

其实那天从她上车开始,我就隐隐有了一股不祥的感觉,如在平时,有这样的感觉我一定不会贸然行动,可是,总有一些时刻我仿佛被邪恶的精灵附身,即使嗅到了最危险的气息,也毫不犹豫地挺身而出,像是要和命运玩疯狂赛车的游戏,比谁开得更快,更放得开,更不怕黑暗灾难的海浪排山倒海而来。

我离开这感觉已经很久很久,可怕的是当它再来的时候,我心底竟有一种故友重逢的喜悦。

我到底怎么了?

按照洛丢丢指的路,我们的车子一直驶向郊外,最终到达一个很空旷的地方。一路上,洛丢丢都在发短信,我正准备她再不说要去哪里就让颜舒舒把车开回去的时候,后悔已经来不及了,因为我看到十几辆并排的黑色途胜,在颜舒舒微弱的车灯扫射下,全部亮起车灯,耀眼程度几乎刺瞎我的眼睛。

颜舒舒立刻急刹,想要调转车头,车后座的90后少女却已经一跃而起,将银色的针头对准她的喉咙,沉着地说:"不开过去,让你立刻死!"

(7)

车子刚停好,颜舒舒就从车上跳了下来,她直接拉开车门,从后座上揪出洛丢丢,一句话不说,对着她劈头盖脸就是一顿猛揍。看得出来颜舒舒下手很重毫不留情,也活该洛丢丢倒霉,正撞上她心情不好。

"杀人啦杀人啦!"瘦弱的洛丢丢显然不是颜舒舒的对手,除了发出杀猪一般的叫喊外只能抱住头任她宰割。想到她脖子上还有伤,怕出状况,我费了九牛二虎之力将二人分开,颜舒舒指着洛丢丢的鼻子厉声骂道:"我出来混的时候,你丫还在念幼儿园。跟我横,别以为老娘怕你!"

我当然知道她不怕,她这么做,不过是为了我,为了我的护身符——她曾经送我多少华美的挂坠,我都不肯换下的东西。

她当然知道它对我的重要性。

趁我拉住颜舒舒,洛丢丢像猴子一样从我们中间溜走,一面跑一面指着我们朝前方大喊:"你们要的东西在她们那里,可别让她们跑掉啦!"

不过短短数秒,我们已经被七八个男人团团围住,洛丢丢站在一个戴眼镜的男人前面,一只手抓住他的袖子,趾高气昂地看着我们。一时间我有些搞不清楚状况,自己趟的到底是哪路浑水?

"没猜错的话,有一位是GPRS小姐吧?"眼镜男的眼光在我和颜舒舒身上扫过来扫过去,我已经听出他的声音,就是早些和我通电话的那一个。他眼镜还是金

FAREWELL SONG III

边的,穿一件白色的羽绒服,发型老土,身形瘦弱,光从造型上看和传说中的"绑匪"实在是大相径庭。

"我是。"我说,"我来找我的东西,找到就走。"

"真是巧,看来我们都丢了东西。"眼镜男说,"要不我们都互相帮忙找一找?"

我指着前方的一排途胜问眼镜男:"请问今天洛丢丢坐过的是哪一辆?"

他很配合地指给我。

"我有条项链也许掉在里面了。"我说,"不介意的话,我想去看看。"

"OK。"眼镜男出乎我意料地爽快,竟然掏出钥匙打开了车门。我走到车前,确认车牌号后,把车子整个翻了一遍,没有我想要的东西。

"你怎么会相信那个撒谎精。"颜舒舒靠在车门边,"那东西没准在她身上。她明摆着就是在玩你。"

她说得对。

我怒火中烧,一直走回到洛丢丢的面前。我发誓,她要是敢不把项链交出来,我就把她丢在这里喂狼。

洛丢丢知道大势不好,拉着眼镜男的袖子大喊:"她是叶贱贱的律师,她骗叶贱贱只要把东西交出来就可以无罪,这都是她干的,你们找她算账!"

眼镜男盯着我,我也盯着他。

我说:"谁要是相信她说的,谁就是白痴。"

"你居然敢骂东哥白痴?"洛丢丢举起右手拳头,对着站在她身边的几个男人叫嚣道,"揍她揍她揍她!"

很显然,不过短短时间,她已经将"救命之恩"抛于脑后。

还好,没有人动。

洛丢丢又开始换上可怜兮兮的口吻:"东哥哇,我知道我跑不掉的,可是那些东西真的不在我这里,所以我才千方百计把她们骗到这里来交给你们处置。不信你们可以去她们车上搜一搜,搞不好就有收获哦。"

洛丢丢话音刚落,那个叫东哥的使了个眼色,已经有几个人往颜舒舒的车走过去。颜舒舒见状,连忙上去护住她的爱车说:"谁也不许碰我的车。不然我报警。"

她说着,已经掏出了她的手机,但别人动作比她更快,她转眼就被两个男人控制住,手机也活生生地被抢走了。"搜车搜车搜车!"洛丢丢像吃错了什么药,继续高举着右手拳头大喊大叫。我怕颜舒舒反抗吃亏,赶紧跟那个叫东哥的人商量:"车子让你搜,你先放开我朋友。"

颜舒舒重获自由,看着几个毛头小子在她车上翻来翻去,气乎乎地对我说:"明天给我换辆新车!"

"算我欠你的。"我说,"有钱给你换辆法拉利。"

"我要劳斯莱斯。"她说,"马卓,跟着你,真是见世面。"

我真的抱歉,除了对她微笑别无他法。

她白我一眼,也不知道是夸我还是损我:"才发现你是演技派。"

他们当然没搜到任何东西。

洛丢丢瞪大眼睛继续演戏:"不可能啊,你们脑残还是智障啊,这么多双眼睛找个东西这么困难啊,前座椅后面的口袋有没有搜到啊……"

她话音未落,已经被人打了一个耳刮子,喝令她:"住嘴!"

"谈笔交易好不?"我对眼镜男说,"我现在要搜她的身。如果我搜到我要的东西,我就把我知道的都告诉你。"

"你他妈真的脑残智障啊,"洛丢丢捂着脸说,"居然敢这样命令东哥,你知不知道他是大哥大,他才不会听你的指挥。"

东哥做了个手势,两个猛男上前一人抓住洛丢丢的一只胳膊,让她动弹不得。洛丢丢试图反抗,但显然毫无作用。

"喂!马小三儿,你他妈脑子是不是有问题啊,在我身上摸来摸去的干什么啊,你信不信我一封律师函告你非礼啊……",她话没喊完,我已经从她牛仔裤口袋里摸到了我的护身符。早知道是这样,我在医院就应该搜她的身,哪会惹出这么

多麻烦事!

我把护身符拎到她眼前,让她看了一眼。然后迅速地将它戴到我的脖子上,对眼镜男说:"东哥,谢谢。"

"不客气。"他说,"别忘了我们的交易。"

"你要找的东西,我想我不知道在哪里。"我说,"不过洛丢丢一定知道,你要是把她捆起来,打她几顿,再饿她几天,兴许她就招了。"

"马小三,你有点职业道德好不好?"洛丢丢穷喊,"我要有什么事,吴媚媚会要你的命!"

"是你先不仁,何苦怪我不义?"

"他们不会放过我的!"洛丢丢这回像是真的哭了,"叶贱贱收了他们的钱,却没给他们货,还被抓起来了,他们认定货在我这里,我交不出来,只有死路一条!你问过叶贱贱,你一定什么都知道,你把真相告诉他们,救我一次,我一定让我妈感谢你!"

"既然你妈有的是钱,就让她直接感谢东哥吧。"我说,"别在我这里绕个弯了。"

"我X你八辈儿祖宗!"她又开始脏话连篇播放了,没相当定力的人真是受不了她。幸亏旁边有人,拿出胶带来职业地封了她的嘴。

"你放心,我不会报警,"我看着洛丢丢苍白的小脸和睁得浑圆的充满了恐惧的眼睛对东哥说道,"要怎么做,随你便。不早了,我跟我朋友要回去休息了。所谓冤有头,债有主,这事真和我们无关,您应该也不会为难我们两个路人,对不对?"

"听上去有点道理。"那个叫东哥的捏着下巴说,"但我得确定你说的话也是真的。所以,对不起,我们也要搜一下你们的身。"

颜舒舒发出一声尖叫,我退后一步对东哥说道:"我想我有必要提醒你一下,根据民法四十条,非法限制他人人身自由、非法侵入他人住宅或者非法搜查他人身体的,处十日以上十五日以下拘留,并处五百元以上一千元以下罚款。所以,如果你们非要这么做,恐怕这件事就要闹大了。"

"你别忘了你刚才也搜了她!"东哥手一指,指到洛丢丢脸上。

我说:"别忘了你也有参与,不过她确实有权利去告我们。如果你做了,我也有权去告你。"

"威胁我?"

"借一步说话可好?"我知道这类人最要的就是面子,所以不想当着众人的面继续跟他周旋。

他移步,和我走到远一些的地方。他掏出红双喜来,递给我一根,我摇摇头告诉他我不抽烟。他自己点燃了,对我说道:"你最好替我转告叶贱贱,把该交的都交出来,不然我和我的兄弟都不会善罢甘休的。"

"据我所知,他的东西已经全被警方没收。"我说,"更何况洛丢丢只是一个一无所知的未成年少女,你拿她出气一点用都没有。"

"姓叶的差点把我们害死,有用没用我也要试一试。"东哥说,"那女的她妈妈不是很有钱吗,你去带个话,拿钱财出来消灾,我也认的。"

"你要多少?"我问。

"不多,一百万。"

"挺多的。"我说。

他看着我,笑了一下说:"你是在替她讨价还价么?"

我说,"你想过没有,就算你拿到一百万,可能这辈子都要躲躲藏藏,何必?"

"律师大人,难不成你会告发我?"他说。

"那是当然。"我说。

他丢掉烟头,瞬间变脸:"今晚我就可以做掉你们三个,一点痕迹都不留。你信是不信?"

"信。"我说,"但你不会。"

"为什么?"他很奇怪。

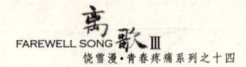

"做掉我们,对你一点儿好处都没有。"我说,"我和我朋友要先走一步了,因为我们要是再不回去,恐怕马上就有人找来这里,给东哥带来麻烦,反而不好。"

"我最不怕的就是麻烦,"他轻描淡写地说,"要是怕麻烦,我也不会入这行。所以我要提醒你,今晚的事情要是传出去,不管你是哪路神仙,你们全家的老底恐怕都得被掀出来晒晒阳光。"

"放心吧东哥,"我说,"年关将近,律师证又这么难考,我不会做损人不利己的事。倒是她,"我看了一眼洛丢丢,"是个定时炸弹,早拆早好。"

他笑着点点头,说:"好吧,我放你们走,洛丢丢留下。你是聪明人,应该知道坏我的事是什么样的后果。"

"我明白。"我说。

他挥手示意我快走。

我跑回去,拉着颜舒舒就上了车。她发动车子,很快拐上大马路。我不知道她是不是很害怕。坦白说,我还是有一点。我突然想起很久以前,她喝醉酒的那一次,我把她从一大帮人手里解救出来,那时候的自己,倒还真是一点怯意都没有。

原来我不出来混,真的已经很多年。

(8)

  深夜两点半,路灯照耀下的城市像深海一样安静。

  经历了这莫名其妙的一天,我的脑海里却怎么也安静不下来,不知道为什么,心头像被谁用枪打出一个缺口,呼呼啦啦涌出许多的前尘旧事,把我淹没得快喘不过气。自从来到北京,我感觉自己的人生又一次被割裂开来。像当初离开成都时一样,那个小马卓从此跌进岁月的漫漫长河再难寻回。不知道是回忆总是充满不堪还是性格所致,反正我不喜欢回忆,宁愿一往无前。所以大学四年期间,我的电话总是一周一次,例行公事。除去过年,我也基本很少回家,奇怪的是,阿南从不质问我什么。我猜他多少能敏感地觉察到我的变化,但却故意绝口不提。我们之间那道鸿沟不需隐藏,但却谁都视而不见。

  对现在的我来说,那个家就像一副日春联,经年累月,本来的颜色早就褪尽,但似乎不到那个时候,怎么也不能揭下它。

  只是"那个时候"不知道会是哪天?如果他真的选择来北京,那一天会不会就永远都不会到来?

  我无法去解剖自己的内心,到底是害怕还是担心着什么,一直想做一只自由的风筝,其实又担心他放掉线我会找不到回家的路,真是患得患失。

  我坐在颜舒舒的车里,车窗打开,任冰冷的风刮着我的脸,我觉得自己需要冷静。

颜舒舒却关闭了车窗，语气生硬地说："会感冒。"

"对不起。"我说，"今晚让你受惊了。"

"客气个啥。"她说，"不过话又说回来，那个小三八，又是90后又是富二代，比定时炸弹还危险，认识她偿命偿不够。"说完，她又把脸凑过来，很严肃地压低声音说："放心好了，今晚她要是被五马分尸了，你我都不在场，我做证明。"

我说："她什么事都不会有。"

"你怎知，我看那帮人不好惹。"

"我有把握。"我说。

颜舒舒加快车速说："你身上有种大姐大的风范，高一的时候我就发现了。好像没什么令你害怕的事情一样。"

"胡扯。"我说。

她只是笑。

那个凌晨我住在颜舒舒家，她填了三个钟头的单子，我也几乎一夜没睡，我们有一搭没一搭地聊天。

她说："你猜针头对准我的时候我在想啥？"

"不知道。"

她笑着点燃一根烟，吸了一口，说："我在想，如果肖哲在的话，他会不会勇敢地冲上去和她搏斗？"

我还没回答，她自己笑得弯下了腰，连连摆手说："光是想想都可笑啊，绝对不可能，太不符合他的性格了！"

我赞同："偷偷地拨110比较符合他的风格。"

我们笑作一团。

其实也不是那么好笑的事，但可以让人好笑的事仿佛越来越少，于是笑点就变得越来越低。总的说来，和颜舒舒在一起的时间是轻松的。她也算是我旧的记忆里最舍不得剔除的那一部分。

快清晨时,她睡着了。睡之前,她无数次嘱咐我要叫她起来送我去机场。但我还是没忍心,替她做了一个三明治放在厨房,就蹑手蹑脚地离开了。

我订的是早上8点半的航班,我到机场的时候才7点不到,机场人烟稀少。选择在这个时候出发的多是商务人士,个个表情严峻,或是端着咖啡,或是看手机和手表,表情拒人于千里之外。登机之后,我的座位靠近窗户,阳光渐渐开始加剧。我摸摸肿胀的眼皮,戴上眼罩,打算睡一觉。

可是却怎么也睡不着。

飞机起飞的那一刻,我忽然想起18岁那年,坐在飞机上,我握着他给我买的新手机,立下的誓言——"请等我回来。我一定会回来。"

但现在,我早就决定不回去了,不是吗?

我喜欢上了北京,喜欢上了这个城市的巨大、忙碌、空荡,甚至无情。因为在这里,我才有足够的能力生长、爆发,从而真正长出一个全新的我。

下了飞机,我就给方律师打了一个电话请假。告诉他家中有事,我要后天才能去上班。他关心地问我需不需要帮忙,我说不必只是小事不用担心。就在电话放回口袋的那一刹那,我一抬头,好像看到了一个似曾相识的身影,心快要跳出胸腔。

仿佛记忆中他第一次出现在我的视野里,帽檐扣得低低的,但那个下巴独特的轮廓却叫我永生难忘。

茫茫人海,竟然能在异地的机场凭着他那副下巴彼此重逢?电视剧这么演都会被骂的。我讥笑自己,看来这四年,我忘记的事情不只一句誓言。

我买了机场大巴的车票,登上车,寻到最后一排的位子坐下。连续24小时没有睡意的我,摁着发痛的太阳穴,戴上了IPOD的耳机。

陈奕迅唱:

  头沾湿 无可避免

  伦敦总依恋雨点

  乘早机 忍耐着呵欠

  完全为见你一面

我看向窗外，南京的空气不见得比北京新鲜，到处灰扑扑的，早上10点，这个城市已然苏醒，排放污染物，蒙蔽一切。

> 寻得到 尘封小店
>
> 回不到相恋那天
>
> 灵气大概早被污染
>
> 谁为了生活不变

把音量调小，我微闭着眼睛，揉着太阳穴。

> 越渴望见面然后发现
>
> 中间隔着那十年
>
> 我想见的笑脸 只有怀念
>
> 不懂怎去再聊天

恍惚中，竟然又看到那个熟悉的人，跟我同一辆大巴。可惜等我张大眼睛，他已经落座，第一排的位置。车子发动，我只能看到他的后脑勺，我稍微侧头，看到他的穿着——是现在流行的英伦小西装。

夏泽，西装？

我笑了。

怎么可能是他？

我闭着眼睛继续听这首叫做《不如不见》的歌。胸口离开我十几个小时的护身符回到应有的温度，总算令我心安。

到站后，我睁开眼，下意识地往前看，那个座位上的人已经不见了。我下了车，迟疑着要不要打个电话提前告诉阿南，最终还是决定放弃。既然都"惊喜"了，就索性"惊喜"到底吧。

我到长途车站去买票，很不巧，上一班已经开走，要等一个多小时才有下一班车。我不想吃饭，就到水果摊买了两个苹果，又去超市买了一瓶酸奶，透过超市的玻璃窗，我好像又看到那个穿英伦西装的人，转头，却谁也没有。

一夜没睡，只能怪这旧环境旧空气让我产生不该产生的幻觉。

  喝掉一大瓶酸奶,辗转数小时,终于回到熟悉的城市,熟悉的小区,可是,门口的那个熟悉的"果果超市"却凭空消失了,变成了一家美容院。

  我站在那里,看着那个美容院的大招牌,心像被谁无端挖去了一大块,疼得快不能呼吸。

  如果说他卖掉县里的那个超市,是为了在市里开一家更大的,那如今他又卖掉这家市里的超市,难不成就是为了把超市开到北京去么?还是因为北京房子的压力,让他不得不做出这样的一个选择?

  看来,我回来迟了。

(9)

  我上楼，按了半天门铃，半天没人开门。
  我看了看表，五点。离晚饭时间应该还有一会儿。我找出包内层的钥匙来开了门。家里整洁干净，这是他一贯的作风。厨房里还炖着鸡汤，小火，冒着热气。想必他不会走远。
  我回到我的房间，一切未变。就连床单，好像也是昨天才洗过，散发着肥皂的清香。我疲惫之极，脱了鞋倒到床上，很快就睡着。醒来的时候，身上盖着被子，而他就坐在我房间的小沙发上，看着我笑着问："醒了？"
  "嗯。"我坐起身来。
  "看你睡得香，没舍得叫你，怎么会突然回家？"
  "学校有假期，回来看看你。"不知道怎么的，就撒了谎。他的样子看上去很憔悴，胡子也长了，好像很多天都没休息好一样。
  "也不知道打个电话，吓我一跳，还以为家里进贼了。"他起身说，"不早了，你饿了吧，出来吃点东西。"
  我看了看表，将近八点，我竟然睡了如此之久。
  我跟着他来到客厅，他热好了饭菜，居然还有我最喜欢的糖醋鱼。我盛了两碗饭，跟他一人一碗，他从桌子底下拿出一瓶酒对我说："高兴，喝两口。"
  "什么事这么高兴？"

"还用问！"他说，"你回来了呀。"

我去厨房拿了酒杯，给他把酒斟上。

他抿上一小口，抬起头四下看看房子对我说："对了，有件事正要告诉你，这房子我准备卖了，这些年升了不少值，挺划算的。"

"为什么要关掉超市？"我问他。

"哦。"他说，"我老了，要休息了。"

"你好懒的。"我说，"四十几岁，才是壮年，休息个啥？"

他笑："你奶奶也不习惯住这里，喜欢呆在县里，有麻将打。你走了，我一个人住这么大房子，觉得很孤单。也没什么意思。"

"可是，"我放下筷子说，"就算你去北京，我也没时间陪你的。"

"我不要你陪啊。"他愣了一下说，"我有我自己的事情。"

"爸。"我说，"可不可以不要这样？"

"不要怎样？"他说。

"我走到哪里，你就跟到哪里。我已经长大了，我要过我自己的生活，你这样会让我心里不好受，你明白不明白？"

他看着我，很奇怪的表情，像看一个外星人。

过了很久他才说："你是怕我打扰到你吗？"

我试图让他明白："我只是想独立，我迟早要靠我自己，不能总依赖着你。"

"你还在读书——"

"很快就毕业了，"我打断他，"我会找到工作，养活我自己，当然，还有你。"

他摇头："我哪要你养！"

"这些年，我欠你太多了。"

他表情一怔地说："你怎么，居然用'欠'这个字？"

"对不起，可能是我用词不当。我明白你对我好是我的福份，但你也要明白，我已经长大了，我可以照顾我自己。你不能总是围着我打转转，你总要有你自己的

生活,和你喜欢的人,结婚,生子,过日子!"

"你是说我成了你的负担?"

我连忙说:"你别误会,我不是那个意思——"

"那你是什么意思?"他生气地说,"你是要跟我把账算清楚,然后好一刀两断的吗?"

我的天。

我以为我们可以平起平坐地交谈,我以为只要我跟他好言好语,他一定会理解我的意思。我完全没想到事情会变得如此之糟糕。他真的是生气了,把酒杯里的酒一饮而尽,然后站起身来,回了他自己的房间,很久也没出来。

我也完全失去了食欲。跑到沙发上坐着思考了好一阵,我决定去敲他房间的门。

他没有应我。

我扭开门,看到他坐在靠窗的那个摇椅上,闭着眼睛,不知道是不是睡着了。南方的夜,因没有暖气,比北方还要寒冷。我僵手僵脚地走到他身边,弯下腰,替他盖了一张小毯子。他眉毛皱了一下,肯定是没睡着,只是不愿意理我。我在他椅子边的地板上坐下,看到他的床头,竟然还是放着林果果的那张照片。离去这么多年，她的笑容好像从来都没有改变，同样无法改变的事实是，我和她越来越像。这一切就像一个解不开的魔咒，提醒我日夜提防命运的陷阱和不测，时时不得安宁。

"别生气了好不好？"我求他，"你知道我的意思的。"

他还是不肯理我。

"给我一点时间，让我做自己想做的，不要每一步都扶着我搀着我，我才会有成就感，你说是不是？"

他终于肯睁开眼看我一眼，但还是没有说话。

"我去把饭菜热一热，我们把饭吃了，好不好？"

"你哪天回去？"我起身走到门边的时候，听到他的问话。

"明天晚上最晚一班飞机。"我说。

"我开车送你去机场。"他说，"趁我现在还有点用。"

我知道他在说气话，但我不会生他的气。

晚餐再度开始的时候，却接到方律师的电话，语气和态度都不算很好，直截了当地问我洛丢丢是怎么一回事。

我问他："你指什么？"

"她说你授意别人绑架她，并勒索她妈妈的钱财。"

"没有的事。"我说，"等我回去，会跟您解释清楚。"

"我现在就要解释。"方律师说，"你在我这里打工，你授意相当于我授意，这个罪我可担当不起！"

这层关系我可完全没想到！听他这么一说，我赶紧放下碗筷，回到里屋，把事情的来龙去脉跟他好好说了一遍。

方律师听完后，只问了我一句："为什么要丢下她不管？"

"他们不会把她怎么样，我觉得，她应该受点教训，不然永远都学不乖。"

"你觉得，你有多大能耐可以自己去觉得？你知不知道她被他们打得快残废了，如果她真的出了什么事，我们怎么跟她妈妈交待！"

"对不起。"我说。

"算了,不说了。你尽快回来,收拾你所有的东西,离开我的事务所。"方律师说完,挂了电话。我再打过去,他没接。

我完全相信,像洛丢丢这种人,为了报复我,她用小刀把自己身上刻出一道道伤痕都能做得到。

我并不怪方律师发火,要怪只怪我自己,或许这件事,我本应该处理得更好一些。

我回到客厅,因为心头有事,吃了一半的饭又再也吃不下去了。阿南问我:"发生什么事了?"

"没什么。"我说,"工作上出了点小问题,被律师骂了。"

"不要紧,"阿南说,"骂骂就学会工作了。我当年当搬运工的时候,一天被老板骂一百次,不然,我怎么都下不了决心自己开家超市当老板。"

我勉强地笑了笑。

"不开心就不做了,换份工或许更好。"他毫无原则的迁就又来了。

(10)

  黄昏的时候睡了一大觉，夜里就睡不着了。

  我考虑要不要跟吴媚媚打个电话，但觉得电话里事情说不清楚，最后还是决定回去当面解释。想来想去，或许自己真的太自以为是，完全没站在方律师和事务所的立场想，所以才会犯这种低级错误。不知道方律师气过后会不会收回成命，我只知道我不能失去这份工作，因为它对我真的太重要。阿南睡了，我能听到他隐约传来的咳嗽声，说真的，这两年，他老得很快，我不能确定是不是感情上的事，既然他不方便跟我吐露，我觉得我还是保持沉默比较好。

  我走到窗边，拉开窗帘，想看一看南方夜的天空。透过玻璃窗，我依稀看到小区马路上站着一个人。灯光昏黄，让我不是很确定。但他好像已经站在那里好久了，就在我出现在窗边的时候，他对我挥了挥手。

  我一把推开了窗。

  我的视力还算不错，我想我没有认错，就是那件英伦西装，那个差不多跟了我一天的人，令我差点失声尖叫。

  我把头探下去一点点，他继续朝着我挥了挥手。

  我在上，他在下，我看不清楚他的脸，但我知道他一定是在叫我。就在这时候，两边的路灯好像亮了很多，像一条闪闪发亮的时光长河诱惑我泅渡。楼下的人向前走了两步，身形动作让我的心呼之欲出，我无法自控，从窗台上跳起来，蹑手

蹑脚地出了家门，一路往楼下冲去。我跑得飞快，好几次差点摔倒。刚跑下楼，楼道里就蹿出一个人来，一把搂住了我。

是他。

事隔这么久，那让我眷念和崩溃的气息依然保持着昨日的霸气和温柔，像一块沾满可可粉的松露巧克力一样融化在我的脸上，就好像他从不曾远离，他一直在我身边，我们是最好的朋友和恋人，前世注定，今生有缘，来生还要继续纠缠。

他一直抱着我，很用力，却一句话也不肯说。我本来在发抖，此刻完全不了，身子出奇的僵硬，在他的拥抱中我听到自己骨骼用力作响的声音。是我也在用力地抱着他的吧？我想，这从来也未曾期盼过，永远也不曾忘记的拥抱，像打包记忆的大手，忽地扯开缎带，往事散落一地，我们自顾不暇。

这难道就是我不顾一切非要跑回来的真正原因吗？

不知道过了多久，他轻轻放开我，我注视着地面，我们的影子又长又细，像画在地上的两棵树。我稍稍恢复思考能力，想起为什么他会在这里？或者那个从机场起就一直跟着我的人就是他？哦，不，一定是他。

但是，为什么直到现在他才肯真正出现？

"其实我在机场就看到你了。"他笑着说，"你还是那个样子，背个小包，挂个耳机，黑着一张脸，像全世界都欠了你的钱。我一直在犹豫要不要跟你说话。我他妈想了一整天，对自己说，如果我来你家，可以再遇到你，我就不犹豫了。"

犹豫？

在他的字典里，有这个词么？！还是因为什么我所不明了的关乎时间或者关乎别人的理由，让他学会了犹豫？一想到这个，我的眼泪就快要下来了，我用全身的力气推开了他，跌跌撞撞地往小区外面冲去，我跑得很快，他好不容易才追上我，那时候我正穿过马路，他从后面拉住了我。我们俩就站在马路中央对视，车辆不满地按着喇叭从我们身边疾驰而过。

"跟我走，"他说，"马小羊。"

"为什么？"我刚问出这个傻问题，他已经招停一辆正好经过的出租，拦腰抱

起我,硬把我塞进了出租车。

我没有防御的能力,似乎在旁的事情上反应越快,到他这里,就会变得越迟钝。那种病叫什么来着?没错,差时症。

虽然他看上去文质彬彬到令我不敢相认,居然还穿西装出来吓人,但不得不承认的是,骨子里,他还是那个他。他决定了的事情,不允许你有任何反抗,既然知道反抗无意义,我索性安下心来,任他把我的头按到他的胸口,听着他的心跳,让他带我去他想去的地方。

此时此刻,若他是一条河,我就是失桨的小船。

13弄27号,这是他的家。

暗黄色的灯泡依然低垂在大门口,发霉的木柱依然还是那个味道,堂屋还是一样的大而空旷,地面清扫得十分干净,还泼过水,显得亮堂堂的,一向凌乱的家里竟然收拾得这么整齐,像是为了迎接贵客。但一定不是我。

我一想到这些个,就又开始痛苦了。

他拖来一张椅子,我就坐下。然后,他用水壶灌了一壶水,开始烧开水。堂屋的桌上放着好几种茶叶,铁观音,乌龙,还有碧螺春。我不知道他从何时起开始喜欢上喝茶,当然,我不知道的事情还有很多,这是当然。

"想喝什么?"他弯腰问我,像个专业的侍应生。

"谢谢。"我说,"不用。"

"那就来点酒。"他打开壁橱门,从里面拿出一瓶红酒,拔掉瓶塞,自己喝了一大口,然后硬塞到我手里来:"喝!"

"不。"我说。

他自己又猛灌了一大口,然后他丢掉瓶子,抱住我的头,俯下身,吻住了我。红酒流进我的口腔,并不多,可我怎么觉得自己已经醉得不醒人事?

"对不起。"他的唇辗转到我耳边对我说,"一直想说对不起。"

我本来应该给他一个耳光的,就在这一句温柔的道歉里,我放弃了抵抗,一肚子委屈迅速地溃散,化为不值一提的灰。

我还是当年那个不中用的我，几年的时间也没有令我在他面前变得更骄傲一点。只是这样的重遇，对我而言更像一个传奇。在所有关于重逢的设想里，这是从没有过的最戏剧的一种。

但即便是如此，也还是再度遇到了他。呵，连我自己大概都未察觉到，我是多么期待能够与他重逢。这个想法几年来一直被我埋在心底，埋得太深，让我几乎都快忘记了。

他的手掌抚过我的脖子，指尖轻触到我挂在脖子里的护身符，便一把将它扯出，略带惊喜地问我说："它一直在这里？"

如果他知道我为了它，我昨晚差点丢了性命，今天又丢掉了工作，不知道他会做何感想？

"来。"他拉着我一起坐到台阶上，就在那里，他曾经一脚踹在我的胸口，我有一小块心从此遗落在那里，那个空洞的缺口让我又爱又恨，却也是存在的必须，我未曾想过复原。

"说说你的现在。"他把酒瓶递给我。

"你先说。"

"我还行。"他说，"这几年一直在深圳，开了几家茶楼，生意不错。"

"我在念书。"我说，"北京。"

他笑："其实我一年去北京数十次。"

我本来想问："一个人去？"问出口的时候却变成了："你常回家么？"

"没回来过，这还是第一次。机场看到你的时候，我以为我眼睛出了问题。"

"其实我也很少回的。"我说。

"那就是缘分呗。"他搂住我，逼我再次与他对视。他的眼神里有种让我陌生到极致的温和，像是把所有的桀骜都熬化了。这温和与他留在我记忆里最后一次的凶狠残暴差之千里。到底是岁月，还是谁，改变了他？

我忽然很想知道答案。

"我以为我永远都不会回来。"他说，"我都快把这里忘了。"

"包括我吗？"我说。

他伸出手，捏住我的手，很用力，疼得我哇哇直叫。

"说错话就要付出代价。"他笑着说。

"那你回来干吗？"我捂着我痛得要死的手问道。

"来参加我姐的婚礼。我就这一个亲人，她一辈子最重要的时刻，我不得不回来。"

"什么？"我是真的没听清，又或者，他有很多的姐姐，我不能确定到底是哪一个。

他点燃一根烟，一字一句地对我说："夏花，明天就要结婚了。我姐夫你也应该认识，就是于安朵的爸爸于秃子。"

听到这个消息，我脑子里首先浮现出的是阿南那张憔悴的脸，然后我整个人就傻在那里了。

（11）

"来。"他未发觉我内心的翻江倒海,而是坐在那里,张开双臂,召唤我。

其实我靠他已经很近,这是几小时前,我想都未曾想过的一种距离。我转身看他的脸,我只是想把他看得更清楚一些,包括他的眉他的眼,但他已经迫不及待地粗鲁地将我揽入他的怀中。

"夏花为什么要跟于秃子结婚?"我问他。

"我忽然很想娶你。"他答得牛头不对马嘴。

"小三儿我不做的!"我话音刚落,他的左手就用力地捏住了我的脸蛋,疼得我龇牙咧嘴。这头暴力猪,捏完我的脸又来捏住我的双臂,还固定我的双手让我动弹不得,眼看他张开血盆大口,就要咬到我的脖子,我只能用脚狠狠地踢他以示奋力反抗。我真怀疑他装的是不是假肢,我踢得那么用力,他居然面不改色纹丝不动。还凶巴巴地命令我说:"说什么呢,给我再说一遍!"

"好痛啊!"我喊。

"你管不好你的嘴,我就管不好我的手。"他笑着,脸再度靠近我。我闻到他身上的味道,居然是淡淡的茶香而不是那讨厌的烟味。看来,他变成了一个真正的男人,我却还是那个不成熟的任他耍弄的小丫头。想到这个,我扭开我的头,就是不让他亲近我。

"还是那么死犟!"他正数落我,院子里的大门"吱呀"一声被推开了。我们

这么多年后,
我仍然清晰记得她的背影,
像一只飞不过沧海的蝴蝶,
仍执意要去向远方。

俩迅速分开,清冷的月光下,我看到夏花走了进来,她缩着脖子,头发蓬松凌乱,一件花棉袄敞着,里面好像还是很多年前那一件卫衣,步伐轻飘飘的,看样子像是喝了一点儿小酒。

毒药迎上去:"不是说去试婚纱,今晚就住宾馆吗?"

"你姐姐我,哪一套婚纱穿上去不好看,有什么试头!再说了,这是我的家,我不从这里出嫁,从哪里出嫁?你明天要背我出这个门,知道不知道!"她一面说一面弯弯腰,然后站直身体,用力地推了毒药胸口一下,呵呵笑起来。

看她的样子,搞不好真是喝多了。不过鉴于她以前在酒吧有装醉的前科,所以我暂时无法得出一个准确的结论。

毒药往后退的时候,夏花忽然看到了我。我们的目光越过毒药的肩头对接,我很想找个地方把自己藏起来,但这显然不可能,于是我唯一的办法就是站在那里一动不动。

她径直朝着我走过来,我的心跳得飞快,好像自己做了什么亏心事一般。我真怕她会忽然揪住我的衣领,大喊一声:"你来做甚!我不想看见你!不要在我面前出现!我讨厌你以及你家里的每一个人!"之类的话,但实际情况却是,她视我为隐形人,悠然飘过我的身边,一直飘到餐桌前,发现了那瓶红酒,一把握住它,发出一声惊叹:"好酒!"

毒药上前,夺走了她的酒,她不依不饶,非要抢回来,几番回合,毒药干脆拔开瓶塞,把酒瓶倒了过来。酒很快流到地上流了个精光。夏花没想头了,硬生生就给了毒药一个耳光,那耳光打得清脆响亮,毫不迟疑。然后,她灵活地转身,扑向柜子想去找一瓶新的酒。

毒药冲上前,把她的手反扣在后面,夏花拼命挣扎尖叫,毒药说:"你再喝,我就把你的手铰断,再把你丢进房间里锁起来。"

"夏泽你放开我!"她竟然示软,"我的好弟弟,你让我尽尽兴行不行?"

"让她喝吧。"我走上前说,"我陪她喝。"

毒药惊讶地看着我。

"明天就要嫁人了,是要好好喝一场的。"我说,"家里还有酒没有,没有的话我去买。"

"你谁呀?"可惜夏花并不领情,看都不看我一眼,甩开毒药,冷冷地说:"我喝酒习惯一个人喝的,我要人陪干吗?"

"也习惯装醉是吗?"

她被我的话击中,沉思了几秒钟,转过头来看着我。我迎向她的目光,她眼神里依然有和某人如此相似的东西,令我忍不住想要多看两眼。她和她弟弟一样,从来都不是强硬的人,强硬的只是外表,包装一颗柔软的心。果不其然,她忽然就笑了,伸出手来,捏我鼻子一下说:"好吧,是你说的,陪我喝!"

一瓶新的红酒被放到餐桌上。三个杯子,外加一碟花生米。毒药给每个人面前的酒杯倒满酒,问我说:"祝酒辞谁来讲?"

"我要烧鸡。"夏花得寸进尺。

"姐姐,半夜了。"毒药说。

夏花从口袋里扔出一把车钥匙到桌上说:"开车不到十分钟,有个24小时超市,里面什么都有。车就停在巷口。刚买的,小心别撞坏了。"

"怕了你了,酒等我回来才许再喝!"毒药说完,拿起钥匙就出了门。

家里就剩下我和夏花两人,月亮渐渐地升高,让我疑心天就要亮了,我真怕阿南会忽然醒来,发现我不在家,再打我的电话,而我正在和他的前女友干杯恭祝她新婚大喜,这场景未免也太戏剧化了一点点。

想到这里,我甚至做了一个很无聊的小动作,偷偷关掉了我的电话。

夏花就坐在我对面,喊我的名字:"马卓?"她喊得很不熟练,甚至有些迟疑。她肯定以为我不知道她和阿南之间的事,所以才这样装模做样地把我当作一个路人般对待。不过我原谅她的做戏所以也做戏般地点了点头。

她轻笑着,用酒杯轻轻轻地碰了我的一下,说:"干。"

"新婚快乐!"我一饮而尽。

"世界和平!"她也一饮而尽,不知真醉假醉,笑得夸张。我们又一次对饮,和当年一样，只不过没有热腾腾的火锅。不知道是不是刚才和毒药一阵闹腾，她竟嚷着热，脱掉棉衣，又脱掉卫衣，只着一件小衫，我这才发现她又瘦了，好像只余一把骨头，令人心疼。

"小心冻到。可不能做个感冒的新娘子。"我走过去，好心替她披上棉衣，一眼瞥见她脖子上一块红色的蝴蝶状斑纹。她竟然有这么奇特的胎记，抑或是纹身？这个奇异的女子，留在我印象里最深的一幕是她踮起脚尖轻吻阿南，除此之外，其实我对她从不曾有过了解。

"你有结婚礼物送我吗？"她忽然突兀地问我这个问题。

"真对不起，我是刚刚才知道。"

"撒谎吧，"她说，"难道夏泽没抱着你大腿哭——我姐要嫁给光头老粗啦！"

"我们许久不联系。"我解释说，"今天才碰巧遇上。"

"也是哈。"她恍然大悟地说，"不过你对他还在心存指望，真令人佩服。看，我的钻戒漂亮不，昨天刚拿到的，TIFFANY的，限量版。"

"很好看。"我由衷地说。

她把手迅速地收回去："不过你别怕，你用不着送这么高档的礼物，要是愿意，给我送束玫瑰吧，我最喜欢玫瑰了。以前夏泽在我老家门口种过一些，后来来不及照顾，都枯萎了。最好是黄色的，可惜黄玫瑰很稀有，不好买哦。"

"好像有一首歌是叫这个名字，"我说，"不过歌词很悲伤。"

"你不知道了吧，黄玫瑰象征着分别。"她说："但我就是喜欢，一个喜欢分别的人，是不是很奇怪？"

"分别一定有苦衷，"我说，"谁会喜欢分别？"

她笑着给自己倒酒，摇着头说："你一定觉得你自己了解我，马卓。"

我不置可否，但看得出她的深深醉意，甚至连眼角都泛着红色："但是啊，你不了解的，你真的不了解，你一点也不了解我，你呀，你也不了解夏泽，夏泽也不了解我，谁也不了解谁……"

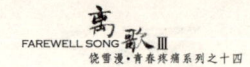

就在她颠三倒四说着这些话的时候,外面有人敲门。我还以为是毒药回来了,起身去开,看到门外站着一个眉清目秀的小姑娘,很小心地问我说:"我找夏小姐,她在么?"

"夏小姐不在!"她在里面此地无银地大声喊。

"姐,我来接你回宾馆。"小姑娘显然已经听出她的声音,一脚踏进大门,毕恭毕敬地说,"于先生请您早点休息。"

"早上7点我准时报道。告诉他今晚不要管我!"夏花不站起来,也不看她一眼,而是低头吩咐我说,"马卓,送客。"

小姑娘用求救的眼神看着我。

我劝她:"她说7点到,肯定到的。要不你先回去吧。"

正说着,毒药拎着一袋子东西回来了,见此情况,他什么话也没说,把那女的一把推到门外,直截了当地把门给关上,搂着我就走到堂屋,把买的东西往桌上一扔。

夏花咯咯笑着,把袋子里的东西一股脑儿倒到桌上。拿起烧鸡对我说:"去热一下。快点,我饿死了。"

"我去。"毒药说,"你别把她当佣人!"

"你就宠着吧!"夏花说,"小心以后她在你头上拉屎。"

"那是我的事。"毒药说,"不用你操心。"

"你别忘了你明天要背我的!"夏花指着他,"我不高兴我也可以在你头上拉屎。"

"得了吧,"毒药说,"你以后骑在于秃子头上拉屎,才算你有真本事。"

"我早拉过了,只是你不知道而已。"夏花冲着毒药进厨房的背影小声嘀咕。这对姐弟在一起时候,好像总是有演不完的戏码。但他们之间的情深意重,其实是个明眼人都能看得出来。

毒药很快热了烧鸡出来,我们三人刚碰杯,外面又响起了敲门声。

夏花夹块鸡放进口中嚼着,人跳起来,在院子里找了块石头,扔到门上,正打

中铁环,发出很大的响声,外面的人好像吓了一跳,不再敲了。

夏花很高兴地跳回来说:"继续喝!"

"不想嫁,今晚还来得及。"毒药说,"明天我可以带你回深圳。"

"我去深圳干吗?"夏花把一杯酒一饮而尽,"别说这些疯话。"

"我说真的。"毒药很认真地看着夏花,看看手表说,"你还有四五个小时的时间,可以做最后的决定。"

"别跟我说四小时,四小时很长吗?你怎么不说说你这四年都没消息,我好不容易找到你,算我命大福大,才可以活着见到你。本想让你来看我风风光光地出嫁,你非要跟我扯这些废话!我有好的归宿,你不高兴,是么?"

"我是认真的。"毒药还是那句话,"我不想看着你吃苦。"

"什么叫吃苦?"夏花看着他问。

"不心甘情愿,就有苦头吃。"

"你是切身体会么?"夏花忽然就笑了,笑完后,她看着我问道:"我曾经以为我们姐弟俩,这辈子都是当小三儿的命,现在我好不容易能当回正房,马卓你说说看,我能轻易放弃么?"

夏花的话确实不好听,毒药扔了筷子,脸在瞬间变黑了。

就在这时,屋外的敲门声又不折不挠地响了起来。夏花胡乱地把棉袄扣子扣好,走到门边。一把拉开门,对着外面喊道:"敲什么敲,敲死人钟啊,老娘跟你走就是了!"

（12）

　　门被打开，院子里忽然涌进了一群人，印象中的13弄27号从未如此热闹过。
　　虽然人多势众，但他们都不敢出声，只是规规矩矩地站在那里，等待着夏花发话。不过我估计夏花要是再不肯走，这群人一定会一拥而上将她活活绑走的。所谓识时务者为俊杰吧，夏花抹了一把脸，站起身，提着她的包，摇摇晃晃地往门外走去。刚走到门边，就马上有人接过了她手中的包，她转回脸，对我笑了笑，潇洒地对我摆了摆手，算作告别。她的样子，像极了旧电影里飞上枝头的的阔姨太，所有道具均齐全，只差一件花色旗袍。
　　印象中她也有一次假装酩酊大醉的经历，就是那一次，她欠了别人一屁股债，流落街头，幸而遇到了阿南，替她付了酒钱。他们后来如何历经相爱相知到分手的过程，我未曾做过猜测，如果分手是必须，那么她现在的结果未必不是好结果。
　　至少，她不会像林果果一样，一辈子漂泊，一辈子不知所终。至少，她选择了一个正好的停靠岸可稍作休息，谁能说这不是一种幸运？我不相信她装出来的爱慕虚荣，正如我永远不会相信林果果那句挂在嘴上的"钱，永远不嫌多"。
　　明明对她们来说，只有爱，才是最大的奢侈品。
　　如果享受不了，至少还有金钱填补空虚。何乐不为？
　　毒药追上去，她执意甩开毒药的手，不肯被搀扶。毒药仍然跟上，一把搂过她的肩膀。她嬉笑着，踮着脚，一只胳膊架着毒药，另一只手伸到毒药头上，一边搓

揉他的头发，一边假意埋怨："送姐出门了，也不放鞭炮？"

"有的，"毒药的回答却出乎我的意料，"怎么可能忘？"

说完，他放开她的胳膊，从屋里拖出一个蛇皮袋，又从葡萄架上折了很长一根竹竿，将鞭炮支起，交给一个站在院子边上的胖子手里，粗声粗气地说："举着！"

说罢，从口袋里掏出一个打火机，点上。

噼里啪啦作响的鞭炮瞬间炸开了花，冬夜的空气像被这惊天动地的鞭炮感染了，让人不觉寒意。鞭炮声刚刚响起来，毒药慢慢蹲下身，让夏花到他背上去。

夏花娇笑了一下，身子靠了上去。

我从没见过他这么温柔而严肃，他缓慢地站起身，一步一步安静地迈向门口，如此恭顺地履行着这个仪式——背他的姐姐嫁入别人家。

我看到夏花把头埋在毒药的脖子上，不知道她是在哭还是笑。我想，多半是笑着的吧。只是我自己，怎么越来越看不清楚他们的背影了呢？

他们渐行渐远，往巷口走去，人群跟在他们身后，堵住了我的视线。我低下头，才发现自己原来真的流泪了。

我相信，如果阿南知道，也会替夏花高兴的吧？他是那样好的一个好人，纵使自己不能拥有，看着别人幸福也是好的。

我不知道在门边站了多久，毒药回来的时候，只剩下他一个人，低着头，一路只顾看着自己的脚尖移动，像一个迷路的小孩。

走到我面前时，他抬头问我："还记得那条狗吗？"

我点点头。

"前年死了。"他说，"死在夏花怀里，也埋在这里。以后这个院子，就只剩它看家了。"他的表情和语气，真是孤单极了。我心里的那块裂痕又开始疼痛，不由自主地伸手抱住他，像抱住最后一团可以彼此温暖的火焰。

他什么也没说，只是将我横抱起，一直抱进他的房间。

这里的末世气息我永世难忘。灯光照着我绯红的面颊，他的面目却模糊不清。

我想念黑暗的感觉，很多时候，我甚至想一头深深扎入那昏暗的世界永不抬

头。就像在很宽很宽的海面上,抱着一块浮起的木,不管怎么用尽全力拼命挣扎,海水仍然一点一点地弥漫上来,灌进我的鼻子耳朵眼睛,毫无回旋之力。

毒药,毒药。他和他的名字一样,我难以抗拒。

多年前他在这个屋子里把我打得遍体鳞伤,如今我们在这里,我却成了抚慰他伤口的人。还有很多话我来不及问,但已经不再重要。没有什么比拥抱着他更让我有勇气。哪怕他现在掐着我的脖子,要致我于死地,我发誓也不会再有任何挣扎。

这一切只因为,我在他眼里的孤单里看到我自己,这些年,其实我也一直这样孤孤单单的,不是吗?一个人读书,一个人坐地铁,一个人吃盒饭,一个人悲伤,一个人快乐,一个人辛苦考虑自己的将来,一个人远离爱情。

"我的。我的。我的。"他在我耳边重复着简短的这两个字。

我不想发出任何声音回应他,这排山倒海的幸福令我恐惧,恐惧这梦境随时会醒来,而那首缠绕我生命的如魔咒一般的离歌,又会无可抗拒地在耳边响起。

我配拥有这样的幸福吗?我配吗?

我只是抓住自己脖子里的护身符,紧紧抓住,不知出于什么原因。

仅仅这一刻,我真的已经足够。或许我的血液里有林果果的因子,义无返顾,不懂危险,就算付出生命的代价,也愿意含笑九泉的吧。

只是他会不会懂呢?

不知道几点,他起身,点了一支烟。我将床头灯打开,头靠在靠垫上看着他。他伸出一个手指,温柔地在我睫毛上捋了捋,叹息说:"你终于是我的了。"

我捏捏他的下巴,眼带微微的笑意看着他表示回答。他又叹息:"她终于嫁了。"

"高兴点吧,"我说,"她那么聪明,不会吃亏的。"

他搂住我跟我说故事:"13岁的时候,我就在地下赌场给人当小弟,其实就是个充场子的。她在一个美容院里做服务员,我没钱了,就去找她要。我那时候被人骗,和人炸金花输了两千块,她就偷了店里老板的钱给我还债,结果被抓了现行,带到警察局里蹲了几天。那老板是个色鬼,自己有老婆,看上了她,非叫她陪他,说只要她陪他睡,这件事就不追究了,她就当众把口水吐在他脸上,后来这事被带我的老大知道了,他不知道想了什么办法把她弄出来,我一不留神,他们就好上了。那应该是她第一个男朋友,那人是个跛子,我亲眼见过他揍她。就用那根拐杖,很粗的。你别看她平时显得多威风呢,在他面前就吓得跟那小耗子差不多。不过多亏那跛子,她才自己租了个小店面,帮人做做美容什么的,挣了点钱养活我们两个。后来我问她,'他打你,你还和他好?',她从橱里拿出一个碗,在桌边敲,把那只碗敲破一个口子,说:'要么呢,你自己跑路去挣大钱,要么,你就拿着这个出去讨钱。'我差不多那个时候才算真正懂事,知道她不容易。"

"为什么又认识于秃子了呢?"我被他的故事吸引,忍不住问下去。

"也是个巧合,"他说,"我偷了于安朵的钱,后来又搞得于安朵自杀,她爸找到我家,要取我的命。她替我求情,结果于秃子看上了她的美貌,开始追求她。我那时候天天闯祸,她那个小的美容院,光替我赔债就不够的。于秃子给了她些甜头,她就老老实实关了美容院,陪他逢场作戏去应酬。她没了生计,于德海那秃驴就更是吃定她了,要么怎么说他老奸巨猾?当然如果不是有我这个讨债鬼在,她不需要这样出卖自己的。或许找个好人就嫁了,过着太太平平的日子。你看现在,她还年轻漂亮,却嫁了这么一个糟老头子,是我欠她的,这辈子我都还不了。还是离她远点,她轻松点。"

说完,他扔掉烟头,用手捂住了他的脸。

我伸手拉开他的手,与他那略微粗糙的大手相握。然后靠近他的脸,主动送上我的唇。他正要回应,电话却响了。他看了一眼他的手机,从床上坐了起来,然后,他拿着手机走进了洗手间。

其实是多此一举,因为四周太安静,旧房子本来也不隔音,所以我可以很清楚地听到他在洗手间里说话的声音。

"怎么回事?"他仿佛遇到什么令他吃惊的事。一阵沉默之后又听到他说:"不用接,我自己打个车很快的,你照应好她,我查明天最早一班飞机,尽快赶回来。"

照应好谁?谁需要照应?我从自己的甜梦里迅速跌出来,抱住双腿,浑身冰凉。

他在洗手间呆了一会儿,终于走回床边。跟我说:"对不起。"

"对不起谁?为什么对不起?"我问。

"我得赶回去。"他说,"有点急事。"

"什么事?"

他不肯答,与此同时,他打开了衣橱,把一个黑色的小型皮箱取出来,打开。

我惊讶地看着他做的这一切,继续问:"你专程赶回来参加夏花的婚礼,如今又急匆匆要走,这算什么?"

"真的有急事。"他说着,从皮箱的夹层里取出厚厚一沓人民币,大概有四五万,他把钱放在我手上,说:"这些钱,麻烦你明天替我交给夏花。"

"难道你不该自己给她?"

"我要走了,现在到机场,可以赶上最早一班的飞机。"他的口气变得很严峻,乃至于陌生,以往这时候,我就知道刹车了。可是今天我实在是忍不住,把一沓钱向床上扔去,然后我下了床,利索地穿好衣服,走到门边,听到他在我身后说:"马卓,如果你今天走出这个门,就永远不要再回来,我们不会再见。"

我走到院子里,我在那里停留了几秒钟,其实我还是希望他会追出来,从后面抱住我,恳求我不要走。但这不是他的风格,不管是当年那个戴鸭舌帽的桀骜少年,还是今天这个穿英伦西装的英俊男人,都做不到这一点。我很想回头,但我分明听到他房间里传来讲话的声音——很明显,他已经在打电话询问最早一班的飞往深圳的航班时间了。

一切不过是画了一个圈,又各走各路。

他还是他,我也还是我。我们还是不可以在一起。不论是年少初恋之时,还是此时此刻,分隔多年街头偶遇心悸相拥过后。

而无缘相爱的恋人,彼此都是一根刺,永远扎在心头最柔软的地方,痊愈无能。

我打开手机,看到现在的时间是02:39分。院子里冷得我无法再多呆一秒。我从来都不是他最重要的人,自始至终,从来都不是,也不可能是。

我深吸一口气,拉开紧闭的大门,走了出去。

「有些事情其实一早就已决定,
只是我们仍然顽固地对抗命运。
这一次的离开,会是永远吗?」

(13)

捧着清晨第一束新鲜的玫瑰,我行走在这个我已经不算熟悉的城市。天气不算很好,雾蒙蒙的,好像随时都会下雨。此时如果我往左拐,再步行十分钟,就会到达天中。还记得最后一次去天中是拿录取通知书,老爽有些不理解地说:"马卓,你的成绩完全可以上清华北大的,为什么要选择政法大学呢?"

我只是微笑。

没有人猜得透我到底在拼些什么,好像我有什么不可告人的野心似的。

可只有我知道,宿命的浩然,就像那个就快要忘掉它叫"雅安"的雨城,一刻不停地在我心里下着雨,提醒我无可逃避的孤独。我必须变得强大一些,以世俗的方式也好,只有自己知道的方式也好,我必须守护好那一路指引我离开的人和物,因为那才是我仅有的一切。阿南从没对此发表过评论,现在回想起来,在人生大方向上,他一直放任我迁就我,是我太不懂事,才总会在有意无意中伤害到他。

凌晨我到家时,他仍在熟睡。早上醒来,他已经给我做好了早饭,是三明治,烤得很香的面包,配上生菜,起司片和火腿。不知道他何时学会做西餐,而且还有模有样。我的球鞋也被他洗干净,放在窗台上晾晒。

他问我:"昨晚你出去过么?鞋上怎么全是泥?"

我咬着面包"吱唔"了一声,问他:"你要不要买张飞机票跟我一起去北京呢?"

"什么?"他好似没听清。

"去看看那个房子嘛。"我说,"肖哲说从我们学校过去还算方便的。"

他肯定惊讶我一夜之间的变化,可是他并没有提出任何疑问,而是给我端来一杯红茶,坐在餐桌对面跟我说:"处理完这边的事我就过去,去之前给你电话。"

"好的。"我说,"我得出去一趟,中午回来吃饭。你要是能开车送我去机场的话,我们可以下午四点左右出发。"

"当然送你。"他说。

"你该刮胡子了。"我提醒他。

他摸摸下巴,笑了。

下了出租车找花店买玫瑰的时候我的手机短信响了一下,掏出来看,竟是洛丢丢,短信说:"不想死的话,尽快找我。"

看来她还活着,而且活得不错,所以才会有跟我这陌生人继续挑衅的心情。

只是关于这短信,为什么我还是有隐约的期望,他不会再找我,我也不会再找他,这是我们说好的,不是吗?

那场华丽丽的重逢戏里,我们甚至连电话号码都没来得及互留一个。多么好笑。

城市中心花园的左侧,是市里唯一的一家五星级酒店,也是夏花今天要结婚的地方。昨晚我只睡两小时,一大早爬起来到花店去买上一束玫瑰。没想太多,因为答应过她,就一定要送上一份单纯的祝福给她。不管她在乎不在乎,我只希望她以后能过得幸福,快乐。如同我写在卡上的那四个简简单单的字:幸福美满。

我准备把鲜花和卡片留在前台,我的心意,她收到就好。

酒店的大堂里有很醒目的招牌:于德海先生,夏花小姐永浴爱河。还有很醒目的指示牌,提醒前来参加婚礼的来宾该怎么走,但就是没有新郎新娘的大幅照片,看来这个奢华的婚礼背后,还是有某种低调的因素存在。

我走到前台,那里好像出了什么事,一个戴墨镜的女人正在跟前台大声地交涉:"我现在怀疑她的安全,所以我必须要进房间去看一下。"

领班微笑着解释:"客人在睡觉……"

"出了事谁负责?"她喊起来,"快去给我把门打开!"她一面说一面挥手,手一把打在我的花束上,花倒没伤及,倒是她应该是被玫瑰的刺碰到,痛得尖叫起来。

我退后一步,对方已经抢先叫出我的名字:"马卓?!"

竟是于安朵,我完全没听出她的声音来。

几年未见,她出落得越发光彩夺目,长发及腰,高高束起,五官精致得让人不忍细看,生怕一不小心将其看化了一般,她更像一个明星了。乍认出我来,她身子微微前倾,像是要拥抱我一下的感觉,但是这个动作半途而废。她转而低头看着我手里的花说:"千万别告诉我你今天是伴娘🙏"

"不是。"我把花拿低一些。"我只是来送束花而已。我今晚的飞机回北京,你呢,是为你爸爸的婚礼专程回来的?"

她皱着眉说:"我都快烦死了。你有时间的话,陪我喝杯咖啡吧。"

我当然不能拒绝。

把花交到前台,跟随于安朵一起来到大堂的咖啡吧,我们找个角落坐下,许久不见,竟然不知道该从何处开始寒暄。记得上次面对面对坐,还是在天中的红楼图书馆里,那时我们都各自守着一份单纯的固执,如临大敌地进行谈判。与那时相比,我们现在的客套和敷衍,简直就快让我不好意思起

来。客气地问完彼此的近况后,咖啡正好送到,她低头喝一小口,终于问我:

"他回来了是不是?"

"嗯。"我稍犹豫,还是答了实话。

"他还是以前那样?"于安朵笑,"或许我不该问你,其实我已经忘记他很久了,真的。一周前我还在英国,我妈跟我打电话,说她跟我爸离了,我爸要娶夏花。本来这也没什么,我也没打算回来,大人的事随他们去了。但没想到我妈始终想不通,闹着要自杀,还说什么我爸再婚可以,除非把所有财产转到我名下,不然这婚就别想结,我爸求我回来劝住我妈,机票都给我买好了,我只好回来。可是我帮得了什么忙呢,你看,我妈把自己锁在宾馆房间,理都不愿意理我。其实我知道她不会自杀,就算对自己下手,也会留条后路,她拼了命,也要看到我爸倒霉发臭的那一天才甘心。"

她还是像以前那样,一说起话来,就长篇大论,不给别人插嘴的机会。

看来这家人的事,永远都是那么复杂,连我这个旁观者,都觉得累。

估计她也发现了自己的失态,故作

轻松地换个话题:"你恋爱了么?"

我摇摇头。

"他们兄妹俩,都是杀手级别的。还好,我们都算命大福大,躲得快。只有我爸这种脑残的人,才敢伸手去沾。你说说看夏花这人是不是也脑残,我爸这么大年纪,又是二婚,要结婚悄悄结了不就得了,还非要大张旗鼓地请客,不知道安的是什么心!"

"怎么是夏花要求摆宴的么?"我惊讶。

"她跟我爸说了,要么不嫁,要么就风风光光地嫁。"于安朵摇摇头说,"算了算了,说点开心的,还记得王愉悦么,她也去了英国,比我晚一年吧。刚去没3个月,就认识了个傻小子,两人好得死去活来,后来才知道那傻小子是上亿身家。这下好了,不管怎么说,我以后也算是傍大款的人了。"

说是要说点高兴的,可她的语气听起来,真是惆怅。

我安慰她:"你这么漂亮,以后也一定嫁得不差。"

"没听说过红颜薄命么?"她笑起来,"好久不说中文,很多成语我都忘掉了。好多我以为永远都不会忘掉的事情,也都忘掉了,我妈要是死了,我以后就永远都不回国了。所以今天能再见你一面,马卓,还真是很开心。"

我也被她说惆怅了,不知道该说什么。

"我得去看看我妈了,叫醒她把她也带走,免得她闹事。我们母女俩横竖这样了,成全一对幸福的人儿也算是积德。"她说着,挥手叫服务生买单。

我连忙拦住她说我来,说完后又觉得不太妥,这样显得太生疏。我和她之间的关系真是很奇怪,以前曾经是敌人,好像现在刚刚变回朋友就又从此相隔两地再不联系。

"也好,"她弯腰向我致谢,"这样我会一直记得我们班的状元马卓请我喝过咖啡呢。"

"快去吧。"我笑着跟她挥手。她走出去两步,我又叫她的名字。

她转身问我:"什么?"

"保重。"我说。

"那是必须的。"她微笑,"你也一样。"

咖啡68元。于安朵走后,我买了单,坐着等服务生给我找零钱。他递给我一张报纸,抱歉地说零钱不够了,要到二楼去换了来。反正时间尚早,咖啡还没冷掉。我也有点心思坐下来安静看报。报纸是我们当地的晨报,很醒目的地方登着夏花的结婚启示。

还是那一句:于德海先生,夏花小姐永浴爱河。

看来,她是铁了心要让这个城市所有的人都知道。她要结婚了,她要嫁人了。潜台词或许是:她要开始新的生活。旧人们,都去了吧。

她是要说给他听的么?

如果只是任性,完全不必付出这么大的代价。或者,这真是好的选择。从此有个安稳的靠山,再也不必担惊受怕,所以,她才需要这么大的声势还维护她的安全感,一定是这样的。

付完账,我走出酒店大门,一阵冷风吹来,我才发现又降温了。南方的冷和北方的完全不同,阴湿,冷风吹入脊骨,让人不由得牙关紧咬。我忽然有种错觉,疑心这似乎是什么电视剧的大结局,该扫尽的扫尽,该开张的开张,该重逢的重逢,只是重逢后又告别,各自上路。或许命中注定,这次回来,就为了将过去未洗干净的牌重新洗过,人生就此翻过这一页吧。

然而,就在我准备叫出租车的时候,我看到一辆救护车呼啸而来,它就停在酒店大门口,车还没停稳,车上的人就纷纷跳了下来,直往酒店里冲去。

毫无疑问,出事了。

(14)

记得颜舒舒拼命研究手相的那阵子,曾声称我有着她见过的最繁复的手纹。

"你的手上全是十字,太可怕了,"她用吃惊的语气说,"而且,最严重的不是这个,你,要不要听真话?"

"说。"

我对手相学说将信将疑,但不妨一听。

"你的婚姻线走向不明。"她说,"不过,事业线倒是很深很正咧。"

大概是回来的这一天经历太多事,临行前,难得的片刻休憩,我坐在家中的藤椅上,一边听着电视机里不断传来电视购物女郎夸张的声音,一边无聊地看着自己的右手,想着这些漫无边际的事。

人的命运真的可以通过一只手掌来参破?反正我是不信的。

可是为什么偏偏有那么多事,却好像早已经注定,结果早就潜伏在那里,不管你如何努力,也改变不了任何呢?

阿南在洗手间里刮胡子,好像还在哼歌,与昨日相比,他心情好像好了许多。我不能确定他知不知道夏花今天要结婚的事,如同我不能确定于安朵的母亲大人会不会把那场婚礼搅得鸡犬不宁,这个世界,总是有人欢喜有人愁,就算我穷追猛打旁观到底,终究是别人的事,干预了也没意思。我们能做的,或许真的只有各自保重。

"我们早点出发,这些东西要打个包。"阿南招呼我下楼。我这才发现他一个人提两个大袋子,里面装的全是吃的。我本来想婉拒,但最终没有。当没有什么好失去的时候,我再也不想拒绝他的关心了。他走在我后面,我不知道为何,频频回头,他看着我笑:"看什么看,是不是舍不得这个房子啊?放心吧,卖掉之前会让你回来,把你的东西好好收拾一下,要的我们就快递到北京,不要的,统统扔掉!"

"你真大方呢。"我说他。

"没办法。"他笑,"人要往前看的嘛。"

下楼后,他把车钥匙交给我:"你装一下行李,我去楼上拿点东西。"我照做之后,上了车等他。他一路小跑下来,手中握着一张邓丽君演唱会的碟,说:"很久不听了,不知道还能不能放出声音来。"

看样子,他又再度依恋上昨天。

林果果在她心目中的地位,或许从来都没有谁能真正替代。

周日路上车不多,我们很快疾驰到机场高速上,他加快了速度,《何日君再来》响起的时候,他跟着轻轻唱和。

今宵离别后 何日君再来?

喝完了这杯 请进点小菜

人生难得几回醉

不欢更何待?

如果我没记错的话,邓丽君的告别演唱会上,也唱过这首歌,那是她生前最后一次演唱会。邓丽君穿着大露背红色闪亮长裙,跟着舞曲的旋律扭动着腰肢,台下一片惊呼,仿佛见到仙女落尘。那时候他和林果果在成都的家里看过这场演唱会,童年的我对音乐还无任何感觉,对爱情也一无所知,所以最能记得的是那条招摇的裙子。长大后某日无聊,自己在网上找来重温,却不知不觉红了眼眶。

"她唱过这首歌给我听,"阿南开着车,微笑着对我说,"有一次她喝醉了,我去接她,那时候都半夜了,她坐在摩托车上,在我身后大声唱的,就是这首歌。

那时候我不听流行歌曲，土得连邓丽君都不知道。时间过得真快，你看，一眨眼你大学都要毕业了。"

"人要往前看的。"我重复他的话。这些年重重复复的回忆，我觉得对他而言太伤神了，或许夏花嫁作他人妇，也是跟他赌这一口气吧，谁会愿意跟一个心里头老住着别的女人的男人呆在一起呢，即使那个女人早就不在人世。

反正我是肯定不肯的。如果他已经有了好伴侣，而且她的事对他而言是"最重要的事"，超过夏花的婚礼，超过我们的重逢，我又何必依恋。

"到北京就开始新生活了。"我故作轻松地说，"我看你需要找个漂亮姑娘谈场恋爱，因为爱情使人年轻。"

"不是每段爱情都有这功能。"他难得郑重地回应我的调侃，而且更深入地说："有的爱情是，有的爱情不是。有些人让你恨不得自己可以年轻20岁，有些人却让你明白自己永远无法再年轻。"或许是不小心解剖得太多，他转而笑着劝我："我已经老了，倒是你，马卓，年轻的时候，一定要多谈几次恋爱，才不会荒废人生。"

"别跟我提肖哲。"我警告他。

他哈哈大笑。

记忆里，好像很久都没有见过他这么放松的笑了。如果说，18岁之前我唯一愿望，不过就是希望他能真的过得快乐、幸福，那么现在我至少有九分的把握，我可以做得到的。而且，我一定得做到。

"其实肖哲不错啊，"他说，"小伙子人聪明，做事又靠谱，最重要的是，我看他是真心喜欢你。"

"你是不是怕我嫁不出去啊？"

"不是不是。"他连忙说，"我只是提点建议。爱情这种事，关键还是要看你自己来不来电。"

瞧他那语气，搞得自己像爱情专家一样。

算了算了，我就不揭他伤疤了，不然光提一下夏花今天风风光光嫁富豪的事，

就够他喝一壶的了。

到了机场,他将车停在出口,替我卸行李。一边卸一边说:"这边我全替你弄好,到了北京就是一个人了,打包的东西要是重,记得拿一个推车。"

"放心吧,我又不是小孩子。"我说着,抢过一个袋子说,"让我来。"

他看着我手中的包,忽然说:"马卓,你带了几个包回来?"

"什么也没带,"我说,"就带了一个随身的小包,你不是知道吗?"

他指着车里一只暗红色的小型行李箱说:"这不是你的?"

"不是,"我说,"我放行李的时候就看到了它,还以为是你的。"

他转过身,疑惑地拎起那只陌生的包包,他显然没料到很重,轻轻一提居然没提得起来。他皱着眉头疑惑地看着它,像是在努力回忆着什么。我二话不说拉开了拉链,打开了箱子盖。就在那一刻,我们俩同时惊呆了——满满一箱的百元大钞码得整整齐齐,像早就等着我们似的。

搞得跟美国大片一模一样!

他环顾四周,急着把箱子盖起来,我连忙让他等等,因为眼尖的我看到了夹在两排钞票之间的一个信封,我抽出它来,迅速地打开了它。

信是夏花写的,不知道是不是时间很紧,字写得很潦草,只短短三行。

阿南哥:

我说过,欠你的,这辈子我一定会还上。

好人一生平安。

 我爱你!

 夏花

 绝笔。

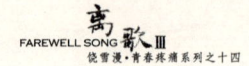

落款上的时间,竟然就是今天!

我把信递给阿南,对他而言,一切来得那么措手不及。他紧闭着唇,愣在那里许久,像被施了什么魔法,一动不动。

那一瞬间我看着傻掉的阿南,想到夏花信中"绝笔"两个字,唯一的感觉就是:这回真出事了,出大事了!

我独自把我的行李重新装回车上,盖上后备箱,把钥匙放回他手上,问他:"你知道夏花今天结婚,嫁给于秃子么?"

他沉默。

"算了,先陪你去办登机手续。"他抬头对我说道。

"等我一下。"我站在路边,拨通114,问到了夏花举行婚礼的酒店的电话号码,我看了看手表,6点刚过一刻,如果不出意外,此时此刻,婚礼应该正在热热闹闹地进行中。

还好电话很快有人接,我连忙说:"我想找一下夏花小姐,就是今天在你们那里结婚的那个新娘子,我有急事。"

"不好意思,小姐你不知道吗,于先生和夏小姐的婚礼取消了。"

"啊!"我惊呼,"为什么?"

"我们也不清楚,只知道夏小姐昏倒了,被救护车紧急送往医院。"

"请问是哪家医院?"

"不清楚,"前台小姐的声音很甜,"具体情况我看你还是联系一下她的家人吧。"

挂了电话,我大脑轰然一响,我忽然想起我离开宾馆时那辆呼啸而来的救护车。原来竟是来接夏花的!

而事到如今,我实在弄不清这到底是一场阴谋还是一场灾祸,看着阿南企盼的眼神,只能告诉他真话:"夏花在婚礼前晕倒,被送进了医院,原因不明。"

"我不送你进去了。"阿南跳上车说,"我得去看一看。"

"等等。"我拉开车门坐上车说,"我陪你。"

他惊讶地看着我。

"我陪你。"我把手放到他握着档把的右手上,坚定地重复说,"我帮你找到她,把事情处理好,我就回去。"

(15)

车子调头,很快重新驶上高速公路。

只是这一次,我们都再也没有了听歌和哼歌的好心情。生死未卜的夏花让我们的心情都坏到了极点。我在车上几乎打遍了所有医院的电话,均没有查到夏花这个人。

"会被带回家了么?"阿南说,"或者也不是什么大病,就是太累了。"

"我知道于秃子的家在哪里。"我说,"我去过。"

"那就去看看。"阿南说,"知道她安全,我就放心了。另外,等找到她,把钱还给她,也转告她,她不欠我任何。过去的事,都过去了。"

"要是找不到呢?"我问他。

他沉默了一下说:"那就找到为止。"

"你们为何分手?"事到如今,我不想再跟他绕弯子。

"说来话长。"他说,"真不知该如何说起。"

我相信他说的是真话,也不再逼他。车子在高速公路上飞驰,我忽然想起了毒药,他昨夜留在我身上的余温犹在。明知不能够拥有,却还是有剪不断的贪恋。这个不知道为了谁非要赶早班飞机回去的人,如果知道夏花出了事,不知道他会是什么样的心情?

可是,我们连电话都没来得及互留就已经分手。还说永不再见。

　　一路上,由于各怀心事,我和阿南几乎都没什么对话。到了市区,按照我的提醒,他很快把车开到于安朵家门口。几年未见,我对这里几乎没有任何印象了,本想直接奔着小路而去,但却怎么都记不起来那条小路的位置。只得回到院子所在的大门前。这里没有想象中的恢弘和气派,可能是天气太冷亦或缺乏悉心料理,庭院中的树木统统掉光枝叶,不远处的主楼建筑,看上去也似有说不出的委屈和悲伤。

　　"要是有人在,不要提钱的事。"阿南叮嘱我说,"我把车开远些,在前面等你,你出来走五分钟,就会看到我了。"

　　我点点头跳下车。

　　我用我职业律师的头脑来思考这一切,我不肯相信夏花真的"生病",如果于德海真的像毒药说的那样老奸巨猾,谁知道这一次的婚礼是不是用什么奇怪的条件勒索达到的呢?那一箱子钱,怎么说也有两三百万吧,难道夏花付出生命的代价,要换的就是这笔钱,用来还他欠阿南的债么?于秃子真就这么傻,还是早就知道了夏花的阴谋,只等着她跳进去呢?

　　无论如何,为了阿南,先找到夏花是最要紧的事。

　　七八点钟的夜,开始凉意四起,我裹紧大衣,深吸一口气,按下了门铃。

　　按了好几次,才看到门铃上方的红灯心不甘情不愿地亮起。

　　出乎我的意料,门口的传声器竟然传来于安朵熟悉的声音:"哪位?"

　　我转过脸,看着顶部安装的摄像头,好让她看清楚我的脸。

　　"马卓?"她似乎不相信那是我,用怀疑的口吻说。随着电子大门缓缓打开,我终于得以走进这个门庭冷清的豪宅。

　　于安朵探出半个头来,像是怕吵到别人一样,用微弱的嗓音,小心翼翼地对我说:"马卓,有事?"

　　我点点头,直截了当地说:"我找夏花。"

　　"进来再说。"她看我一眼,折身往里走。

　　我跟着她轻手轻脚地走进她的家里,竟然看到于德海。他身上穿着一套看上去十分昂贵的西装,脱了鞋,大半个身子陷在沙发里,像是睡着了。

新婚之日，竟然闲卧家中，不知这是哪一出。

于安朵对我做了一个"嘘声"的手势，带我进入她的房间。

"说吧，你找她有什么事？"回到房间，她立刻换了一种口吻，与上午不同，我听出了这句话里明显的挑衅和不信任的意味，说完，她走到窗子前，一把拉上了窗帘。气氛一下子变得诡异起来。

我努力观察她的房间，看不出什么异样。我相信夏花如果真的被藏匿了，也绝不会是在这个房间。

"我打电话到酒店，说她进了医院，我不放心，所以来看看。"

她仍然维持着矜持："马卓，夏花已经是我爸爸的新娘子了。这件事今天为止已经全市都知道了。我们可以保证她的安全，也绝对会保证她的安全。而且，我再说一次，这是于家的事，不是夏家的事，夏家的女儿已经出嫁，你该明白我的意思。"

我说："我只是不希望她有事。另外，我有些重要的话要告诉她，所以，请让我见她一面，好不好？"

"她不在家。"于安朵说，"我也不知道她去了哪里。"

"你问过你妈妈了吗？"

"够了！"于安朵说，"马卓，恕我直言，我认为你和夏花的交情，还没有到这个地步。甚至，我有理由认为，是你和什么人合伙，把她藏了起来。然后跑到这里来闹事……"

我简直无语了。

"你来这里到底为什么？"她用锐利的目光瞪着我。

"我找夏花。"我说，"我怀疑她出事了。"

"或许你应该去问问他弟弟，这是一个阴谋。"于安朵叹息说，"想不到过了这么多年，他还是那样的没出息。"

"你误会他了。"我说。

"谁？"于安朵问。

"毒药。"我坦然地答。

"你们不是分手了么,还是你也参与了这件事情?"于安朵靠近我说,"如果不是,也不想惹麻烦,我劝你现在就走出我的家门当做什么都不知道。每个人都要为自己所做的事情买单,就算你插手,结局也不会改变的。"

"你是说那些钱吗?"我直截了当地说,"如果你让我找到夏花,我保证把那些钱给你找回来。"

于安朵愣了好一会儿,这才问我说:"你凭什么让我相信你?"

我指着她那张大床说:"我还记得你躺在这里跟我说过,每个人身上都拴着一根死亡线,这头连着一个人,那头连着另一个人。你忘了么?我还记得,他疯狂揍我的那一夜,是你救了我,把他打晕,让我快走。我们是朋友,这些我都不会忘记。"

"朋友?"她有些不相信地说,"你真这么想的吗?"

"一直这么想。"我说。

"好吧,让我告诉你,"于安朵终于肯对我说实话,"我们也正在找她,她在婚礼前晕倒,我们把她送进了医院,结果她从二楼跳窗跑掉了。"

"怎么可能从医院跑掉?"

"这是早有预谋的事,她挪走了我爸二百多万。她本来想在婚后一走了之的,谁知道会在婚礼前就晕倒。"于安朵说,"不过,就算她机关算尽又如何,还不是一样短命!"

"短命?什么意思?"听于安朵这么一说,我心都提到了嗓子眼,看来在写"绝笔信"时,她早就明白这一切。

"她得了一种病,叫红斑狼疮。"于安朵说,"医生说她的病情已经很严重了。她是趁人不注意,从医院二楼的窗口跳下去的。那里是个小花园,所以没人看见。我只能说,她是要钱不要命。就算拿了那么多钱又有什么用呢,还不是要亡命天涯,不知道有没有福气享受!"

刹那间,我脑子里浮现出曾经在夏花脖子上见过的红色的块状的东西。这让我确认于安朵没有撒谎。关于这个病,我只从小说里知道过,那本轰动一时的网络小说,女主角轻舞飞扬得的就是这个病,男主角不过去给她倒了一杯水,她就永远地

离开了人世。读这本书的时候我才念初一吧,对网络的了解还少之又少,但是到结尾的时候我肯定哭了,一个人,躲在县城我那个小房间里,哭湿了很多张纸巾。

"你去找她吧。"于安朵说,"如果找到她,我希望你能劝她回来。我爸都五十多岁了,他放弃了很多东西,想要跟她在一起。只要她肯回来,我相信我爸什么都不会计较。不然,事情闹大了,恐怕谁也担待不起。"

我很想说:"她都快没命了,还担待什么呢?"

但想到其实她心里也难过,我最终什么也没有说,只是点了点头。

于安朵面对我,捞起袖子,给我看她曾在自己的胳膊上划的道道伤口留下的痕迹。那一条条肉红色的伤疤,使我回忆起多年前在花蕾剧场她和我的那场谈判。

"还记得吗?我本来可以索性整掉它,但我没有,你猜为什么?"

我没出声,她自己回答:"是要我记住,别再为爱犯傻。爱情啊,爱到最后都是要人命的。我不可以再犯同样的错误。"

我伸出双臂,抱了抱她,完成了她上午面对我时那个未完成的仪式。

"马卓。"她在我耳边说,"我真的不爱他了,你应该为我庆幸。可怜我爸爸为了筹备婚礼的事已经两天没合眼,现在婚结不成,他却累倒了。这么拼命地追求,其实最后还是一场空。相见不如怀念,能见不如不见。这才是爱情的真谛啊。"

我知道,她还是在乎他的。只是已经没有了任何可以说爱的理由。这到底是她的幸还是不幸呢?在我的心里,也没有答案。毕竟那些轰轰烈烈爱过的时光,才是我们曾经年轻过的最有力的证明,所以,谁真正敢说自己对过去真的再无一点留恋?

但成长或许就是如此,从不怕伤害到不敢言爱,不过是一寸光阴的距离。

临走时,她给了我一张写着夏花电话号码的纸片,说:"找到夏花记得联系我,一定。我爸为我操过那么多心,现在,轮到我照顾他了,我不想让他不好过。"

她的话说到我心坎里。

对阿南而言,我又何尝不是这样。轮到我来照顾他,这一天,我等了很久了。

（16）

　　于安朵一直把我送出大门。我往大路上走了约十分钟左右，才看到阿南的车停在路边。

　　"她不在。"我拉开车门坐上车，对伏在方向盘上的阿南说道。

　　他猛然抬头，朝着我大吼："那会去哪里？"不知道是不是错觉，才短短几小时，他的胡子又长出来了，下巴那里一片乌青。

　　他很少对我这么凶，可是我却没有任何委屈可言。

　　"去她家看看吧。"我和他一样，心乱如麻。

　　车子很快到达夏花家门口，阿南的越野车开不进巷子，我们只能下车走到13弄27号。他差不多是跑的，我却很怕某人没走，会和夏花在堂屋里对饮说笑，而我们父女忽然从天而降，那场景一定傻得可以。

　　很快，事实证明一切都只是我的幻想，门口挂着的大铜锁说明，这是一个人去楼空的家。像他所说，看家的，只有埋在院子里的那只死去的老狗。

　　阿南伸出手，用力地敲了敲门，里面当然没有任何回应。他又试图把那把锁扭开，一边扭一边喃喃自语地说："会去哪里呢？"

　　差不多是同一个时刻，我们想到了同一个地方——艾叶镇的老家！

　　我看看阿南，阿南看看我。然后，我们一起朝着车子的方向奔去，他已经克制不住自己的情绪，把车开得飞快，我们很快就上了通往县城的高速路往艾叶镇的方

向驶去。路上，我试图拨打于安朵给我的夏花的电话，也发了很多通短信过去，但是均无任何回音。

我想起纸条上冰凉的两个字"绝笔"，再想想艾叶镇后山那个高高的悬崖，我的心就像断了拉绳的秤砣，整个都直直地往下落，任阿南把车开得飞快也忘了提醒他注意安全。

他声音沙哑地说："很多年前，我也这样疯狂地去找过一个人，可是——"

"别说了。"我打断他，"她不会有事。"

"是吗？"他眼里放出坚定的光芒，"我相信你的直觉。"

"但是有件事我必须告诉你。"此时此刻，我觉得我必须告诉他一切的真相。

"是坏消息么？"他的直觉看来也不错。

"于安朵告诉我，她患了一种病，医学上叫红斑狼疮。医生说病情已经很严重了，所以就算我们找到她，恐怕……"

车子明显抖动了一下，以更快的速度开始往前飞奔。这条路曾经有过我关于死亡的恐惧的记忆，那晚我以为他出事，在雪地里爬着寻他。从小到大，关于生离死别，我想再也不会有人比我体会得更加深刻，仿佛我离谁更近，谁就更容易离我而去。这就是为什么经过这么多年，阿南早就是我生命中最亲密的亲人，而我潜意识里却要刻意和他制造一种距离的真正原因。

当然，我还记得他。那天他不顾一切把我冰凉的双脚捂在手心里，像呵护一个孩子一样呵护着我。那是我第一次感到，爱情就像蚌壳里刚刚长成的珍珠投射出的第一丝光芒一样，投射到我潮湿敏感的心上。如果时间可以倒流，我宁愿回到那一刻，我们谁也不懂得谁，却最靠近彼此，凭着单纯的心动而相拥，什么借口也不用讲，什么语言也不需要。

人生若只如初见，何事秋风悲画扇？

"你确认他们没有骗你？"他心里还存着一丝希望。

"应该没有。"我说，"她在婚礼开始前晕倒，送到医院确诊。她是从医院逃跑的，根本没打算治病。对了，你有多久没打理过你的后备箱？"

"我不记得。"他说,"不知道她什么时候放进去。应该就是今天吧。我真是太笨了,多问她几句就好了。"

"当初是她提分手的吗?"我问。

"我太笨了。"他只是一味地埋怨自己,并不回答我的问题。过了好一会儿却又反问我:"马卓,你是什么时候知道我跟她的事?"

"很多年前。"我说,"就在艾叶镇。我见过你和她在一起。"

"你真能藏心事。"他叹息,不知道是夸我还是骂我。

车子到达艾叶镇的时候,天已经完全黑下来了。乡下的黑夜不似城里,是那种浓墨重彩的黑,仿佛在一块黑色的大坑上又蒙了好几层黑布,非要遮盖住所有能透出来的亮光才罢休。很久没来过,我们却没费力就找到那个山坡下的小屋。黑暗严丝合缝地覆盖着这里,没有光,也没有响动,完全不像是有人呆过的地方。我大着胆子把门推开,阿南从车上拿了手电筒,屋子里前前后后照了个遍,连以前苏菲玛索呆过的小棚屋都找过了,没有发现夏花的身影。我想起屋子旁边还有个烧饭用的小厨房,怀着最后一丝希望,我走了进去。

没有人。

我把手盖上去,炉火上一点温度都没有。没有任何人来过的痕迹。

我忽然觉得很累,丧气地蹲下身。阿南也学我,只不过他点燃了一根烟。烟头明明灭灭,像人疲倦的眼睛,感觉快要合上了,却又忽然睁开。忽然,我的眼睛被小厨房门后挂着的一件衣服所吸引,我站起身来,跑过去,欣喜地喊起来:"她在这里,这是她的衣服,我昨天晚上才见她穿过!"

"真的?"阿南问。

我拼命点头,是那件花棉袄,没错,她套在卫衣外面的,肯定是的!除非这样的棉袄,她有两件!

"你昨晚见过她?!"阿南盯着我,眼神里有让我害怕的东西,我只能转过头去不敢看他。

"马卓,"他探询地说,"你到底为什么回来,可以跟我说真话么?"

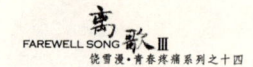

"我不想你买房子。我不想你为我付出太多。我怕欠你太多没法还。所以我跑回来,但现在我才知道事情不是我想象的那样。你相信我!"

他叹了口气,用手抹了一把自己的脸。不知道他是在整理思路,还是真的不信,没有比这更令我痛苦的事情了。

"我不算了解你。"他痛苦地说。

"我们去找她吧。"我说,"从那边上山,有个悬崖,以前我去过。就是天黑了,山路不算好走。"

说完,我迅速地走出门去。

他很快跟着我出来。月亮星星都不知道躲到哪里去了,好像这样一个晚上,就是要让人孤独,孤独,孤独。山里的夜,不仅没有光亮,风吹过来也是空荡荡的,什么都是荒凉的,等待的,未知的,只有他手电筒的光隐隐绰绰地跟在我的后面,好歹也算某种依赖。我们一路无话,踩着路边的杂草,步子越跨越大。有一段路不好走,我回身想拉他一把,他朝我摆摆手。

"我发誓,我们不会在一起的。"我站在他前面说,"我是说,我和她弟弟。"

说完这句话,我飞快地转身,不由得加快了我的步子,我只是希望我的表白,能够打消他心中的某些顾虑。让他在面对夏花的时候,可以做出他心中真正的选择。只是现在最让人担心的是——她会不会在山上,还是已经……

我不敢再想下去了。

不知何时我已经开始在哭了,我任凭泪水流淌,步子却越走越快。我从没在阿南面前肆无忌惮地流过泪,也压根不想这样。所以我不想让他看到。我的心里慌极了,我不懂,我到底是在恐惧什么,是害怕夏花出事,还是害怕我一语成谶,从此真的与他永远相隔。我不能逼自己回避自己心里最柔软的那个地方,其实永远永远都只能是属于他的。

是的,不能回避。

在山里越吹越荒凉的野风里,我第一次觉察到自己的渺小,如同一枚新生的豌

豆,这一刻,谁伸出手都可以肆意碾碎我。生命如此脆弱,以至于我再也没有办法欺骗自己的内心,以至于我必须勇敢地去离别,因为,我没得选择。

我一边狠狠地擦着泪水,一边带着阿南,差不多是一路小跑上了山顶,山上空空的,什么人也没有。我跑到悬崖边,试图往下望,阿南上前一步用力抓住了我的胳膊。很明显,他在发抖,其实我也在。因为我们同时看到了悬崖边的纸飞机,我一只一只地捡起来,电筒光照过去,上面都只有一句同样的话:"阿南哥,祝你幸福!"

是她,是她,是她。

她独自在这里,放飞她心里的绝望和期望。这是她生命最后一刻最想做的也唯一做的事情么?我再也承受不了内心的焦虑和担忧,对着天空发出声嘶力竭的喊叫:"夏花!"

那声音在山谷里久久回荡,只有风吹草动发出凄绝的咿咿呀呀,算是回答。

"我下去看看。"阿南说,"你在这里等着!"

"不可以!"我伸手去拉他。

他一定看到我脸上的泪,他伸出手想替我擦,我自己捂住,不让他擦。

他大声骂我:"不许哭!"

他从没有这么严厉地骂过我,但我明白,他只是想安慰我,我捂着脸,自己悄悄擦干了泪水。他才终于换了口气:"我会小心的。我看过了,那条小路应该是通到下面的。"

"不可以!"我哑着嗓子说。

"无论怎么样,我要找到她。"阿南大声说,"你拦也拦不住我的。"

"那我也去!"

"你听话,坐在这里等我,我很快就回来。"阿南把他的大衣脱下来,套到我身上,"电话开着,有事随时联系。"

"很危险的。"我拖住他,断断续续地说,"要不我们去找工具,绳子什么的,要不我们去找救援队……"

「没有人可以拦得住一颗为爱**奋不顾身**的心，只要他**愿意**，就一定可以找到她，把她安全地带回来。」

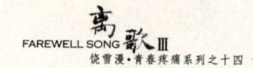

"我怕来不及了。"阿南看着天,下定决心地说道,"如果她都不怕,我有什么好怕的呢?"

我松开了我的手。

我明白,我确实拦不住他。没有人可以拦得住一颗为爱奋不顾身的心。不知道是不是阿南给我的勇气,我忽然觉得心里升起一种说不出的力量,它让我完完全全地相信,阿南可以的,只要他愿意,就一定可以找到她,把她安全地带回来。

她不会有事。

没有他的同意,她又有什么样的权利可以放任自己粉身碎骨?

在灾难面前,我第一次体会到了生命的残酷和飘摇,它是那么虚弱的一根线,甚至轻到你无法看得到。我只好伸出双手去抓,去抓,最怕抓到最后,什么也没有,只是一把风。

然而,就在阿南移步准备下山的时候,我却恍惚听到了低声的呜咽声,定下神来细听,那声音开始越来越大,越来越大,终于不可控制地在空中响起。

是夏花!

那哭声,来自我左边的草丛中。

在我还没有反应过来的时候,我看到阿南已经快步移到那个草堆里,并从草堆里直直地拎出一个人,将她用力地抱入怀中。

（17）

二月的北京，像睡着的北极熊，静悄悄地呼吸，怕惊扰到任何人似的。

连续下了好多天的雪，好不容易放晴的一个下午，夏花坐在窗台上，给自己的脚趾一颗一颗耐心地涂上咖啡色的指甲油。

这是她从医院搬到家里来住的第二天。医生说，她的病情恢复得不错，所以特许她回家过年，但是不可以喝酒，不可以熬夜，不可以随便出门，不可以过度运动，不可以吃辛辣的食物……总之，一连串的不可以。

我难忘我们救她下山的那晚，我们把她安置在县城奶奶家，阿南去请他一个做医生的好朋友了，只有我照顾她。在我的小房间里，我喂她喝水，她一直紧紧握着我的手，手心太烫，像块热石头。那时候的她烧得几近神志不清，胡话成堆——

"有便宜不占的都是王八蛋……占不成便宜你就不会跑？"

"好多钱，用不完的钱……全给你……"

"苏菲……苏菲……你在哪，别躲我，我怕……"我知道她是在喊那只鸵鸟。喊着喊着，她眼角有泪，我替她擦掉。看着她肿得高高的颧骨，我反复想起林果果，想起我最后一次看到她时她脸上的表情，不体面也不安详。我自己的眼泪也流下来。

有人敲门，我以为是阿南带医生回来，打开门却看到奶奶披着外套站在门外，指着里屋一脸狐疑地问我："是谁？"

"一个朋友。"我说,"她感冒发烧了。"

屋内竟传来夏花低低的歌声:"天黑黑,未落雨,天黑黑黑黑……"看来,她真的是烧迷糊了。

"你朋友还是你爸爸的朋友,这哪是发烧,喝多了吧?"奶奶看上去很不满。

我无从解释,只能抱歉地推她回房间睡觉。

一直等到医生来,替夏花打了针,她才慢慢地退了烧。等她身体恢复了些,阿南就瞒着奶奶,撒了个谎带着她来到了北京。从上飞机的那一刻起,夏花变得很乖,到了医院也非常配合治疗,医生问什么她答什么,吃药挂水眉头都不皱一下,就是离不开阿南,十分钟不见,就要到处寻人。

"不是绝症,但随时都有生命危险。"这是北京的专家对夏花的病所下的定义。

但这个定义,让我们都大大松了一口气。经历生离死别的煎熬,再也没有什么,比能继续活下去这件事让我们觉得更有希望了。

阿南在北京买的房子刚拿到,离装修好并住进去还需要一些时间。所以,他在医院附近租了一个两室的小居室,24楼。小区不算大,但干净,空气也算清新。比起总是闷在医院里,夏花的心情显然好了许多。

我们都在刻意和往事作别,心照不宣。但毫无疑问的是,我们中间夹着一个人,这是我们逃也逃不掉的尴尬。

见我进门,她大声唤我:"马卓,脱袜子!"

"为啥?"

"涂指甲嘛,来,看老爹给我买的这个色好不好看?"

她一直唤他老爹,叫起来份外亲热,好像她才是她的女儿一般。比起来,我那一声总是低低的"爸"真是相形见绌。

"他替你买的?"我坐到窗台,她的身边,问她。

"买了好多。面霜,洗面奶,还有唇彩哦,而且全都是全天然的,用了不会过敏。你来看看,有没有你喜欢的,我用不完的呢。"她拖我一直走到房内,床上摊了一堆东西。我也真是服了他,不知道四十多岁的半老头子站在化妆品柜台上挑选这些红红绿绿的瓶瓶罐罐时,到底怀的是什么样的心情。

"得很多钱吧。"夏花说,"不过也不在乎啊,钱就是用来花的,我早就跟老爹说了,钱不要用在我治病上,要用在生活上,你说我说得对不对?"

我骂她:"病治不好怎么生活!"

她嘻嘻笑,笑倒在床上。

阿南不让讲,所以夏花并不知道那些钱早就还回了于家。在带她来北京的前一个晚上,是我亲手把那些钱全部交回到于安朵的手里,并简单跟她讲述了阿南和夏花的故事。希望她可以帮忙成全他们。

我知道我的要求过分,所以不敢直视她的眼神,谁知道她答应得异常爽快,拎着那一大箱子人民币,于安朵对我说:"其实你是为你的父亲,我也是为我的父亲。对你父亲而言,她兴许是个宝,但对我父亲而言,她注定是场灾难。所以马卓,说起来,我们这一边,总是输家哦。"

或许她是为了调节气氛吧,但这真是一个很拙劣的笑话让人实在笑不出来。再说了,如果这些事,非要用"输赢"这个词来盖棺定论的话,结局恐怕还真的是个未知数呢。

夏花把那些东西统统收拾好,塞回袋子里,打了一个大大的哈欠,问我说:"老爹什么时候回来?"

"不知道。"我说,"备年货是很麻烦的事吧。我来做饭给你吃,你想吃什么告诉我。"说完,我从口袋里掏出一张纸,上面是阿南按照医生嘱咐为她特制的菜谱。

我让她自己挑,她却抱住抱枕,蜷缩在床上,用迷迷糊糊的声音对我说:"我要睡了,现在不想吃东西噢。老爹回来你叫醒我哦。"

也不知道是真睡还是装睡,反正她很快眯上眼睛,不再同我说话。我替她盖上薄被,发现她脖子处隐隐的红色褪下去不少,看来却依然清晰。她的病其实本来不是太危及生命,但因为她太过任性,对身体内脏器官已经有较大伤害,所以医生才会说出如果不好好调养，随时都有生命危险之类的话。

关上门出来。客厅里稍许有些乱，我正在收拾，忽然看到夏花放在茶几上的手机在闪烁。手机是静音，只见光亮，没有声音，我还以为是阿南，凑近了看，上面显示的是：弟弟。

我迟疑了一下，但很快折身进了厨房，甚至没有伸手去碰那个手机。

卡是昨天她出院后阿南才替她买来的，看来她第一个联系的人，依然是他。说起来，他是她唯一的亲人，联系是正常的，只是希望她不会讲与我有关的事就好。我更不希望的是他因此对我有任何的误会——那么当一切都如流水般逝去，我至少还可以守住我那点可怜的骄傲和自尊。

我们说好的，永不相见。

"我要喝水。"夏花忽然出现在我身后并说话，吓我好大一跳。

我从她手里接过杯子来，替她倒上白开水，觉得有点烫，又打开矿泉水瓶兑上一点凉的。她玩弄着另一只手里的手机说："马卓，有件事麻烦你。"

我心一紧。

她说："我的病，不要告诉夏泽。"

"哦。"我说，"放心吧，我都不和他联系的。"

"哦，这样啊。"她接过我递过去的杯子，笑了一下说，"我也不想和他联系的，但他偏偏找我。"

说着，她对我晃晃她屏幕不停在闪烁的手机。一边按掉一边骂骂咧咧："我结婚他不管，现在逃婚了，他倒管起来了。"

"他是担心你吧。"我说。

"那就让他也尝尝担心的滋味好了。"夏花气呼呼地说。

我无心介入这两兄妹之间的恩恩怨怨，有些艰难地对夏花说："其实我也不希望，你跟他提起关于我的，任何事。"

"成交。"她两只手里都有东西，没办法与我击掌，就伸出一只脚来，踢了我的脚一下。我一直紧着的心这才忽拉拉松了下去。

"到医院来看我那个小孩不错啊。"夏花说,"给我讲冷笑话的那个。我看他对你挺有意思的。"

是个人都把肖哲往我身上扯。

"你什么时候嫁给我爸啊?"我赶紧转话题。

"你是律师噢,不知道重婚是重罪么!"她瞪着眼睛朝我喊,"我可是跟于秃子正式领了结婚证的!"

说完,她竟然咯咯咯笑起来。

"笑你个头。"我骂她。

"老爹是个傻子,我要不是这样,他一定会娶我做老婆的。"夏花说,"还是这样好,他现在想当雷锋,也没条件当。等我死了,他还能娶个比我年轻漂亮的。听说北京城里,最不缺的就是美女!"

"胡说什么啊,什么死不死的。"我说,"这不活得好好的吗?"

"这病是遗传。"夏花故作神秘地压低声音说,"告诉你一件事哈,我外婆我妈,都是得这病死的,死的时候,都是33岁。我今年呢,也33了。据说,我外婆死的那天上午,还在打麻将。我妈也是,我只不过出去买了包盐,她就已经断气了。"

"别说这些胡话了。"我连忙打断她,"你跟她们不一样,我爸不会让你死的,我也不会。"

她看着我,忽然笑了。然后她把手机和杯子一起放到厨房的小窗台上,走近我,很温柔地拥抱我,并在我耳边说道:"谢谢。"说完,她又很快地放开我,拿着她依然在响的宝贝手机回到沙发上,像烫熟的河虾一般蜷缩起来,继续睡觉。

我把厨房收拾了一下下,走到她的身边,本想替她盖个被子什么的,却发现她其实根本没睡觉,而是在哭,头抵在沙发角,眼泪无声地往下掉。我赶紧拿了毛巾来替她擦,一面擦一面哄她说:"别哭啊,你忘了医生说你不可以情绪化的嘛。"

"我不想死。"她撑起半个身子,紧紧抱着我说,"33年,我第一次体会到有家的感觉,我真的不想死。"

"你不会死的。"我放慢语调,慢悠悠地继续哄她说,"等你病好了,你回去办离婚,然后呢,跟老爹结婚;然后呢,再替他生个孩子;然后呢,还要把孩子养大;你要做的事好多好多,怎么会死呢?"

"那你保证我不会死。"她像个孩子,抽泣着在我耳边说着任性的话。

我还没说出"我保证"三个字,客厅的门忽然被推开,是阿南,拎着大包小包站在门口,见我们这样,打趣地说:"哎哟,抱上了?"

我不好意思,夏花却依旧紧紧地抱着我,泪眼婆娑地对阿南撒娇:"老爹,你女儿欺负我这个病人。"

"她不会的。"阿南笑着把东西拎进来,"她顶多就是逗你玩。"

"你就护着她!"夏花皱眉说,"我不开心!"

我一把把夏花推开,在她倒在沙发上的时候伸出一只手装模作样地掐住她的脖子,大喊一声:"就欺负你了,咋的吧?"

"喂喂喂!"阿南丢下手里的东西就冲了过来,而我和夏花早已经笑作一团了。被捉弄的阿南伸手在我俩头上一人敲一记,脸上的欢乐却是藏也藏不住。

我起身,收拾起地上那一大堆东西,去厨房整理,刻意把外面的空间留给他俩。

不知道过了多久,阿南进来了,就站在我身后,对我说:"我来吧。"

"她呢?"我问。

"睡了。"阿南说,"马卓,你辛苦了。"

我正想责备他,他却自己识趣地补充道:"也该你为我分担担了。"

我把早泡好的茶递给他,那是我用奖学金替他买的保温杯,好大一只,他喜欢喝热茶,一天喝水又喝得多,所以这杯子特别适合他。

"你喜欢的,台湾冻顶乌龙。"我说。

他把杯子翻来覆去地看,像是在欣赏一件艺术品,一面欣赏一面装作若无其事地问我说:"对了,她哭什么?"

"没什么啊,"我说,"她想着你对她的好,觉得自己无以回报,就感动得哭

时间似乎被分割成一个个密闭的房间，
有的里面装满甜蜜，
有的，装满了离别。
有的门，我们永远不想打开。

了。"

他压低声音问我："那个，钱的事，你没提吧？"

"放心啦。"我说，"这么不相信我？"

"不是不是。"他连忙说，"哦对了，肖哲晚上过来吃饭。我忙不过来，所以请他到新房子那边去替我处理一点事，呆会儿他会送点图样回来给我，要是不对我还要让他拿回去给设计师……"

真不明白他一连串的解释有何必要。

"那你好好招呼他吧，我得去律师事务所取我的电脑。"他点点头，我刚走到门口，鞋还没换好，他又不放心地追出来吩咐说："取完就回来哈，就不要坐公车了，还是打车吧，不费时间。"

我真怕再继续扯下去他就要干脆开车送我去了，于是朝他挥了挥手，迅速出了门。

（18）

　　阿南家离律师事务所很远，那天的三环路又出奇得堵，我花了近两小时的时间才到达那幢大楼。

　　进了电梯，按下12这个数字我才想起来，自从肖哲生日那天，我加班到深夜从这里离开后，就再也没有回来过。

　　我一直都没告诉阿南我被律师事务所辞退的消息，不知如何开口，怕的是他为我担心。其实比这更让我害怕的，是方律师就此看扁我。若不是夏花的病，我早就第一时间来事务所解释一下那个晚上丢下洛丢丢的来龙去脉了。

　　工作丢了不要紧，我只想承担我该承担的责任。

　　出了电梯，我径直走向方律师的办公室，敲了两下门，无人应答。但门没关，我只是轻推了一下，它已经自动咿呀而开。

　　我探头看了看，没人，只看到桌上放着一杯还在冒着热气的开水，看样子他只是暂时离开。我在门口等了一小会儿，发现其他办公室的门都紧闭着，走廊里也无人经过。我想了一下，走进办公室。我的电脑就放在外间的助理办公桌上，多日不用，积攒了一层薄薄的灰，我拿张餐巾纸简单擦拭了一下，将它装进电脑包。正要转身出来，想想不妥，又折回到桌前给方律师留了个纸条，怕他看不见，我把纸条压在他的杯子下面，就在我低头的一瞬间，忽然我看到一根彩色的鞋带，从墙角的办公桌下面伸了5公分左右出来。

鞋带是橘红色的,这颜色看上去非常眼熟。没错,LV波板鞋——虽然我一直对名牌毫不感冒,但这么特别的鞋,我只记得有一个人穿过。

这个洛丢丢,真是阴魂不散。

只是,她神秘兮兮地躲在那个鬼地方干吗?

我决定对她的存在熟视无睹。因为很显然——其一,她躲在那里是为了不让人看见;其二,她躲起来不想让人发现一定是想干或者已经干了什么不可告人的事。其三,不管她想干吗或者干了什么,都与我再无干系。我现在,连个实习助理都不是了。

所以,我抱着我的电脑,装作一无所知地走出了办公室,出门前,还不忘体贴地替她把门拉上。

下了楼没走两步,竟在停车场边上看到方律师。看他的样子应该是在等什么人。在我离他还有一些距离的时候他已经看到了我,我当然只能走上去打招呼。

"马卓?"他诧异地问:"什么时候来的?"

"我去您办公室取我的笔记本电脑来着,见您不在,留了张纸条。"

他笑笑说:"我还以为你生气,电脑也不要了,打过你一次电话,是关机。"

"我换号码了。"我说。

"年轻人抗击打能力要强,不要说几句就受不了。"方律师说,"而且上次那件事我了解过了,好在洛丢丢也没出啥大事。都过去了,你也不必想太多。"

"谢谢方律师。"我说,"我的新电话,留在纸条上了,如果还有需要我干的杂活,您尽管吩咐我。"

"好啊。"他说,"过个好年!"

我看了看身后的大楼,对他说道:"那您忙,我先走了。对了,您以后要不是在办公室,最好还是把门锁锁好。"

"好的,再见。"他措辞礼貌,但语气已明显表达出不愿与我多聊。我识趣地转身离开,一路快步走到公车站台,直到公车的门合上,车开始启动,我才松了一口气。

我问自己的内心，其实暗地里是希望他可以留住自己的。但他对我礼貌的拒绝和客气，是我不能回避的失败。公车摇摇晃晃，回想起以前每次坐这路车回学校的时候，内心怀揣的更多是理想和抱负——我在京城最知名的律师事务所实习，我在替京城最知名的律师当助理，我成绩优秀，吃苦耐劳，我有着多么蓬勃的理想和蠢蠢欲动的美好将来。而现在，一切稍纵即逝，我只能看着公车外昏暗无比的天空发呆，加上车上的移动电视里播送着寒流来袭的通知，间夹着准点新闻以及各大公司倒闭的传闻和各路财经评论员七嘴八舌的议论，让我的心情真是糟到不可形容的地步。

深冬，末日气息在空气里肆无忌惮地翻滚，春天遥遥无期。被辞退也没什么不好，金融危机，大家都躲不过，到最后，我只能这样无力地安慰自己。

回到家，开门的人是肖哲。我已经有一段日子没见他，他把头发剪得出奇得短，脑门又大又亮，大概是屋内暖气温度太高，他的额头出了一层细密的汗珠，但他浑然不觉。

"等不了你，我们先吃了。"他说。

我在餐桌旁坐下，问他："我爸他们呢？"

他说："吃完散步去了。"答我问题的时候，他并不看我，而是捏着一大把筷子，皱着眉头，沉思不已。

我忍不住问他："你盯着筷子能看出个啥？"

"我在研究一个正常的成年人一只手最多可以拿几根筷子，你知道吗，很神奇——左手和右手是不一样的。"

好吧。

他却不肯罢休，做出最雷人的动作，跑到我面前来兴高采烈地拉起我的手腕，催促我说："不信你试试……"

我下意识地缩回我的手腕，大约是因为用力过度，他意识到我的窘迫和抗拒，恍然大悟之后连连摆手说："别，你可，你可千万别觉得刚才是我故意设计的……"

我继续看着他,他的脸涨得通红,表情十分难堪。坐回我的对面,他抱着自己的脑袋沉思十五秒,叹了口气,这才抬眼看我,问说:"马卓同学,你是不是觉得我从头到尾都特别失败?"

"还好吧。"我没好气地说。

"我很好笑的,"他说,"在遇到你之前,我以为世界上没有人比我更聪明;在遇到你之后,我却发现自己是世界上最笨的人。没有你之前,我似乎没有对照,孤芳自赏。可是遇到你,我才明白我这人身上简直没有优点,一无是处。其实我很想保护你的,可是我知道很多时候其实都是你在保护我,我努力再努力,只是为了靠近你那么一点点,结果无论EQ还是IQ,我都远远落后于你。你说,这不叫失败,还有什么叫失败?"

认识他N多年,很少听他一口气讲这么长的句子。但他讲得特流畅,像为了参加演讲比赛早就打好腹稿一般。说完这一大段,他脸上的红潮渐渐褪去,眼神一如当年那个执着的少年,清澈而透明。我知道他在等我的答案,所以我很认真地回答他说:"不,你不失败。"

"你是在安慰我吗?"他不甘心地追问。

"告诉你一件事吧,我被律师事务所辞退了。你看,我努力了那么久,做了那么多,却是这样的一个结果。那你觉得我失败不失败?"

"不失败!"他飞快地说,"我早就盼着这一天了。带你的那个律师,一看就是个色狼!"

算了算了,跟他真是没法沟通下去。

"我觉得这就是命吧。"他说,"虽然我学天体物理学,但我却相信命运。只有命运能解释你为什么会出现在我身边,难道不是吗?"

话题被他越绕越远之后我才发现他压根需要的就不是我的安慰,他只是需要倾听。于是我只能低头喝汤不再接茬,等待他更惊人的语句出现。

果然,他又继续说:"马卓,我有一件事要通知,很严重。"

"嗯。"

"我决定对我们的关系做一个修正——不再是单纯的朋友了，而是'战略伙伴'，方式是：我们从现在开始保持探讨学术问题的习惯，一天至少一个小时——就像我们高中时那样，因为有研究表明，两个高智商的男女共同讨论学术问题，即使是不同研究领域不同研究方向的，不仅有助于学术方面的研究进展，而且有助于促进人的身心和谐，你懂吗？天人合一，这是我最近研究的方向。"

"你不是学天体物理学的吗？"我说。

"我认为物理学的金钥匙就是哲学，你的观点呢？"他伸出一只手，慷慨地邀我发表意见。

我完全没任何意见。

书上怎么说来着？两根平行线，永远没交点？

我不会那些文绉绉的语言，反正就是这个意思，反正说的就是我和肖哲。

"你快吃，吃完我们也出去散散步！"肖哲说，"小时候我爷爷就常常对我说，饭后百步走，活到九十九！"

说完这些，他满怀期待地看着我。那眼神让我觉得，如果我拒绝他，我就是这个世界上最没有人情味的人。

好在阿南和夏花及时回来救场，阿南手上拎着一大袋子水果，夏花挽着他的胳膊进门，看她的样子，真是很开心，脸色红润，行动灵巧，病魔仿佛早就被赶出了她的身体，消失得无影无踪。

还有什么，能大过爱情的魔力？真是不服也不行。

"这个季节有山竹？"我没话找话。

"很贵的喔。"夏花娇俏地笑，看着阿南说，"但超好吃，咱不差钱嘛。"

"我去洗。"肖哲接过阿南手里的袋子，又转身问我说，"马卓你是喜欢吃山竹还是葡萄呢？"

"都洗，废话！"夏花骂他，"你心里头就只有马卓一个呀！"

"就是！"他愣头愣脑地答，"难道你有阿南叔还不够吗？"

"你这话什么意思啊，给我解释清楚！"夏花追进厨房跟他继续吵，阿南笑着

摇头也跟了进去。就在这时候，我的手机忽然响了，我走到窗台边。从包里掏出手机来一看，竟是方律师事务所的另一个律师刘律师的电话，我犹豫了一下接起来，对方直截了当地问我："马卓，今天下午方律师喝了办公桌上水杯里的水中毒，正在医院抢救！从你留在他桌上的纸条来看，那个时间，你正好去过他的办公室。所以，公安局希望你能尽快来一趟协助调查！"

"告诉我地址，我马上过来。"问清楚后，我挂了电话，跑到厨房里对正在洗水果的肖哲笑着说道："不是说要出去散步吗，快点！"

(19)

公安局,审讯室像是吸烟室,残留着很严重的烟味。我倍感不适,但却不得不配合地坐下。

"据说你刚被方律师开除?"那个腰板坐得很直的女警官倍儿严肃地问我。

"我只是一名实习生。"我说。

"请正面回答我的问题,是,还是不是?"

"是。"我说。

"什么原因?"

"或许他觉得我不是最好。"

"没发生什么具体的事情吗?"

"没有。"

"你是否因此怀恨在心?"

"当然不。"我说。

"下午几点你进过他办公室?"

"5点刚过。"

"你去干吗?"

"取回我放在他办公室的笔记本电脑。"

"你是否见到过别的人?"

"没。"

"废纸篓里的纸巾上,有你的指纹,你怎么解释?"

"笔记本电脑久了不用,上面全是灰,我放进电脑包前用纸巾擦了一下。然后我在桌前给方律师留了张纸条,并留下了我的电话号码,下楼以后,我还在停车场附近遇到了方律师,我们还聊了几句。"

"聊什么?"

"几句家常。"

"什么叫家常?"她很不悦,出乎我意料地攥起拳头,用力擂了一下桌面,若不是早有准备我肯定被那咚的一声吓住了。见我不答,她重新捡起笔,继续说:"具体内容?别说你忘记了。"

我一五一十地把和方律师对谈的内容讲出。不过在见到方律师之前,因为情况不明,我并不准备急吼吼供出藏在茶几下面的那双LV波板鞋。所谓身正不怕影子斜,天下自有清白在。学法律将近四年,熟读无数案例,我对此早已深谙。

并且方律师不止一次地教过我:谨慎,是一个律师必须拥有的基本素质。我有种预感,这件事可能并不是我想象中那么简单。洛丢丢为什么会躲在办公桌下,而让方律师亲自下楼等在停车场的又会是谁?

女警官无话可说,谈话进入僵局。她丢给我几张纸,要我把下午去律师事务所的前前后后全写下来。我问她:"我写好是不是就可以回家?"

她却堂而皇之可以不正面回答我的问题,而是说:"每个细节都要写下来,想清楚了,不要漏掉一点点。这对你自己,对破案,都有好处。"

我坐到桌前,情况说明只写到一半,就看到刘律师急冲了进来,对我招招手说:"马卓,方律师醒了,没事了,我们可以回家了。"

"没什么后遗症吧?"我问他。

"没有。不过也真是蛮危险。"刘律师把我拉到一边轻声对我说,"投进方律师水杯里的是某种化学物质,毒性十分强,轻的症状就是像方律师那样,头晕,口渴,神经中枢不再听命于大脑控制,四肢瘫软无力。而投毒者如果不是老手,就是

方律师太幸运了，据说只要再多加1毫克，就足以使人没命。"

"没事就好。"我一颗悬着的心总算掉了下来。

"方律师叫我向你道歉，他知道这事与你无关。"刘律师说，"就是还要辛苦你一下，他想要见见你。"

"现在？"我吃惊。

"现在。"刘律师说。

我点了点头。

我俩一起走出去，看到肖哲，他坐在空荡荡的长廊尽头，抱着自己的头，作痛苦状。我走近他，旁边的房间门被拉开了，一个老大爷探出头来，指着肖哲对我说："出来了？快把这人带走，失心疯了都！"我用疑惑的眼神看着他。他才说："他在这乱喊乱叫，什么公安局乱抓人犯法啦、非法囚禁啦。再喊下去，我看他也要被抓进去了。所以我把他拉到这儿来，看着他，让他再别胡说了。"

这个法盲！我连忙跟老大爷道谢，将肖哲拽到公安局外面才放手。

"配合警方调查是公民的义务！"我对他说，"你别闹了。"

"喔。"他摸摸头说，"不过反正你没事就好了。你电话放我这里，阿南叔打了两通电话来，我胡说一通，也不知道穿没穿帮。"

"告诉他颜舒舒失恋了，"我说，"我得再陪她一会儿。"

肖哲指指自己的耳朵，以为自己听错了。

我说："你不帮我就没人帮我了。"

他眨巴眨巴眼睛，用不信任的语气问我："马卓，你经常这样撒谎吗？"

我本不想带着他，但刘律师已经把车从车库里开上来，在不远处对我鸣笛。我只好拉上他："至少我没对你撒谎。我还必须得去医院一趟，你就说吧，跟不跟我走？"

他先于我钻进车里。

把我们送到医院，刘律师就离开了。我让肖哲在外面等着，独自一人上楼推开病房的门。方律师正在挂水，他示意我把门关上。他脸色蜡黄，看上去状况并不算妙。

"他们没有为难你吧?这场误会闹得有点大。"他拍了拍他身边的一张早就准备好的椅子,示意我坐下。

我一边摇摇头一边落座:"就是大概说了一下情况。"

我们均有几秒钟的沉默。他终于直截了当地问我:"马卓,今天下午你在我办公室,是不是看到了什么?"

我点点头,不过随即说道:"不过您放心,我什么都没讲。"

他沉吟了一会,说,"我就知道你会这么做。这件事到此为止,对谁都不要提。我也不想再追究了。相信她也是一时糊涂。"

"方律师——"我觉得事情不能就这么算了,毕竟人命关天!

他打断我:"我命也算大。以后自己小心点,至于这个孩子,我会跟她妈妈商量一下,给她一个好的安排,免得她再做错事。"

"方律师,您不再考虑一下吗?"我说。

"就这样吧。马卓,谢谢你。"方律师对我伸出没有插着输液针的左手,我则伸出右手握住,这个动作和一般人握手的姿势完全相反,因此看上去很怪。

"你是个当律师的好料,要是你愿意的话,春节过后,就正式来我律师事务所上班吧。"

"这……"

"我做律师快二十年,不会看错人的。"方律师说,"你不必这么急着答复我,可以回家考虑考虑,我累了,要休息了。"

说完,他躺下去,闭上了眼睛,不再理我。

我轻轻地替他关上门走出来。一直到走出医院的大门,我还觉得犹如是在梦中。我刚刚丢掉的工作就这样莫名其妙地又捡回来了,而且,还是正式!我看到在路灯下瑟瑟发抖的肖哲。他见我出来,双脚在地面跺了跺,示意我看他的方向,其实我早就看到他了,这个动作真是多此一举。

"打车?"他说着,站到路边扬起手臂。

我拉住他:"很近的,不如陪我走一段吧。"

他伸出胳膊,作出了"请"的表示。北京的深冬充满寒意,我脑子里去翻腾着许多滚烫的问号。肖哲忽然说道:"你一定觉得我今天在公安局的行为缺乏常识。"

"差不多。"我心不在焉地说,"难道你希望我夸你英勇吗?"

"其实,我确实很英勇的啊,"他大言不惭地侃侃分析,"我希望制造一个蝴蝶效应,考虑到我的行为将造成两个后果:一、他们把你放了,这样正好。二、我真的被抓进去了,这样我可以顺便进行一个试验,调查一下现在公安局是不是真的存在逼供的现象。你知道,现在的社会舆论可不站在公安局这边的。"

"事实表明,你的实验确实缺乏逻辑。"我说,"正如你没有考虑到我只是配合审查,而不是被抓。"

"实验失败,"他耸耸肩膀,"不过不算一无所获,至少,我确认了一件事。"

什么事?

他却像忽然决定了什么一样,推了推眼镜,对我说:"马卓,看天。"

我抬头,以为有流星雨。但仔细一看,清朗的夜空里,只有几颗硕大明亮的星星散布着,并无掉落的意思,遥遥地放射着微微发抖的白光。

"我导师研究的一颗星,76年才出现一次。但他从没放弃过。"

我微微皱眉,看着他。

他正仰着头,努力看着夜空,继续说:"你看,这些星星的光芒,都是从遥远的几百年甚至几千年前投射过来的。你能想象吗?它们这么无私,比所有人类都要无私,它们照亮黑夜,照亮每个人,直到人类毁灭重生过几番了,它们仍然在那里。"

"那么你确认的是什么呢?"我说。

"天体物理学是最寂寞的科学,因为全世界享有盛名的天体物理学家只有一个,他叫爱因斯坦。但在我看来,天体物理学,也是地球上最浪漫的一门课,一生

守望一颗星,你说浪漫不浪漫呢?"

我重新抬头,目视天空中的繁星,那光辉像被肖哲的话语赋予了纯洁的魔力,照得我心里充满了力量。

"我确认的是,我将做那个仰望星辰的人,就从今晚开始。因为,这是我生来的使命。"

坦白说,此时的肖哲让我感动,感动之余,还有些许震撼,我从没想过一向书生气的他竟有这么大的气魄和执着,他的胸中藏有一整个宇宙。和他相比,我的理想是如此寒酸,成为律师不过是为了安身立命,养家糊口,说到底,为了我脆弱的安全感罢了。

谁说不是呢?

那么,我是不是应该拒绝方律师的邀请呢?

特别是,如果他邀请我,只是希望我能够替他保守秘密的话,我就更不能接受这种带有某种交易性质的安排了,不是吗?

真纠结啊。

只希望我今晚所做的一切,是正确的。

医院离阿南家并不远,我们步行不到15分钟就到了家,我抬头,看到屋子里的灯还亮着,想必阿南一定还在等我。

肖哲的帽子已经歪到一边,大半个脑壳露了出来,鼻子也冻得通红,我替他正好帽子,又从脖子里解下我的围巾,替他围上,对他说:"今天谢谢你了。"

我正想说回去的路上慢一点的时候,他却丝毫没表现出要回家的意思,而且又兴奋地跺了跺脚:"马卓,谢谢你对我这么贴心。快,我们上去吧。不然阿南叔要见怪了。以为我们俩又在搞什么鬼名堂呢。"

"你不准备回去吗?"

"阿南叔没告诉你吗?"他大惊小怪地说,"我们学校宿舍这几天已经没得住了,暖气停了,阿南叔特批我来睡你家沙发,我行李都带过来了。"

不是吧?我还在思考这个可悲的事实,他已经又开口了:"我接了教授安排给我的重要的活,今年也没空回家过年了,不介意我跟你们家一起吃饺子过年吧?"

"我介意。"一个冷冷的声音在夜色里响起,不过说话的人不是我,我惊讶地回头,却感觉整个身体已经硬生生地撞上了一个人。

还没来得及看清楚他的脸,他已经紧紧把我搂入怀中,对着一脸惊愕的肖哲说道:"这位同学,我忍你很久了,在我没动手以前,你最好自动消失。"

当我意识到他又再度"空降"的时候,第一个反应是挣脱了他的怀抱。

我并不怎么用力就轻而易举地脱离了他,和以往不同的是,他一点儿也没强求,我甚至可以感觉到他在我身后稍稍退后了一小步。或许是看出了我的意愿,肖哲走上前,伸出手想要将我拖到他身边,可是他的手还没触碰到我的胳膊,站在我身后的人就忽然间伸出脚来,一脚踹在肖哲的胸口,果断地将他踹翻在地。

我尖叫了一声,回头骂他:"你疯了!"

他很冷静地答我:"如果是,也是你逼的。"

我这才看清他,这么冷的天,他只穿着一件很薄的皮衣,和上次见面相比,头发又剪短了,唯一不变的,是他眼神里的凛冽,让四周的寒意更胜一筹。

我不敢与他对视,掉转头,看见肖哲充满怨怼的眼神。他就那样坐在地上,好像也不打算起来,我的那条羊绒围巾,已经被他用双手绞得不像样。我想走过去把他拉起来,他先于我"噌"地站起来,手里不知何时多了一块砖。

我反应过来他要干什么的时候他已经举起那块砖要往前冲,我脑子里只能回忆起跆拳道那基本的几招,一个挡拆,他没防备,手一松,砖头掉在地上,发出沉沉的一声"咚"。

他不依不饶,走远,想捡起砖,一不留神,自己又摔了一跤。

他身上穿得厚,想必应该是没摔着,但那当胸的一踹,就算没伤也够他喝一壶

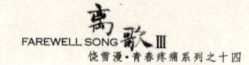

的,可是他却半点也没犹豫,又爬了起来,三下五除二除掉自己的外套,只露出一件薄薄的羽绒背心,伴随着一声低吼,他已经摆开了比武的架势。

"人不犯我,我不犯人,人若犯我,拿——命——来——"

我真害怕他发起狂来,赶紧拉住他说:"你先上楼去,好不好?"

"马卓,现在这种情况你不要做什么和事佬了,哀兵必胜,我已经打算豁出去了!"

在这种天寒地冻的深夜,他已经冻得牙齿打架话都说不利索了。我从地上拾起他的外套,包住他的头,把他拼命往楼梯间里推。可是令我没想到的是,当我好不容易稳住肖哲,再往身后看时,他早就消失得无影无踪了。

"他怕了!"肖哲兴奋得一把摘掉蒙蔽视线的大外套,不无得意地说,"走,我们回家!"

我下意识地又推他一把。他绝望地朝后退了一下,眼神里有令我不愿与之对视的质疑和不安。

"你回去吧。"我说。

"马卓你这是怎么了,阿南叔在等你。"

"是朋友,就继续替我撒谎。"

"马卓!"肖哲一把拉住我说,"他已经走了!"

他抓我很紧,我怎么用力都摆脱不了他,没法了,只能一脚狠狠跺在他的脚上,他穿的是球鞋,一定很疼,但他依然死命拽着我,恨不得把我一头扛到肩上才罢休。那感觉,就像我是那个眼看着要往悬崖上冲的人,而他就是那个见义勇为救我一命的大英雄。

"肖哲!"我大声喊他的名字。

还是惊动了楼下门卫。他披着件棉衣愣头愣脑地跑出来,拿了一根疑似电棍的棒子在肖哲头上敲了一下,说:"大半夜的干什么呢?!"

我连忙对他摆手:"没事没事,都是认识的……"

肖哲也接腔:"朋友吵架,您别添乱了!"

"嘿,多新鲜……"大爷喃喃自语退回自己的门房里去。

他继续像拖着一箱子旧书报似的拖着我,我的塑胶鞋底在地面发出不甘愿的"嘶"的声音,胳膊都快被他拖得脱臼了。电梯停在顶楼,在它慢慢往下走的时候,肖哲忽然意识到他自己一直和我手拉着手,又电击般扔掉我的手,我疼得全身都一震。

"对不起。"他说。

"对不起。"我也说。

"为什么?"

我什么也没再回答,而是直接越过他,飞快地跑向大门口,直接往小区大门外奔去。

他没再跟上来,我却仿佛一直能听到他从身后传来的呼吸,沉重,急促,不快乐。

虽然什么也没说,但我心中有答案。虽然他没有再追问,但我想他已经明白我心中的答案。

原谅我真的别无选择。

当我狂奔到小区大门口,喘着气四下张望,如我所想,他早已经不见了。他从来都是这样,想来就来想走就走,他从来都是这样,不允许别人伤害到他一丁点儿骄傲,我们之间从来都是这样,没有任何公平所言。

我站在空荡荡的大街上,想哭却又哭不出来,内心像有一把火,要把整个的我活活焚烧掉。最要命的是,这头火在烧,那头洪水又来了,我的心里像种进了一个马达,突突轰鸣,溃不成军。此时此刻,如果有一辆车经过我身边,我觉得我唯一能做的就是一头撞上去,撞死拉倒,一了百了!

我刚这么想着,一辆绿色的出租车忽然从街角转过来,停在我面前。抬眼一看,只见毒药坐在后排座位上,他看着我,打开车门,什么话也没说。

他知道我会上车。

我低头屏住呼吸一秒钟,钻进了车里。

那一秒钟里,我唯一确定的是,在所有和他打的赌注里,我都是注定的输家。我不知道这辆车要开向哪里,而他一定早就吩咐过司机,只是等我出现。他早知道我会这么做,追出来,扑向他的怀抱。他吃定我,所以才从不惧怕我的离开。这是命运,是注定,就像受过伤之后,伤口也变成了自己的一部分,纵使留下的疤痕再丑陋,也不得不与之长相厮守一生一世。

相比起车外的寒冷,出租车内温暖得让我呼吸困难,他心满意足,伸手过来握住我的手,我挣脱开,他继续握住,我又一次挣脱。他将我用力揽进怀里,我背过他看窗外,毫无准备的眼泪瞬间就涌了出来。

他用力扭过我的头,逼我面对他,讥笑着问:"你怎么变得这么多愁善感,是跟那个书呆子学的么?"

我对着他的手背就一口咬了下去,他的手背很瘦,加上本来就冷的天气,我的牙齿都在颤抖,我能感受得到他手上的骨头,不由得更加重了咬的力度,他却毫不出声,哼都不哼一下,仿佛我咬的只是他捏在手里的一只白面馒头。我最终无趣地抬起头来,看着他手背上的牙印,齿轮一样整齐的牙印,暗红,锋利,像早就刻在那里的图章。他却笑着挑逗我说:"别心软,继续。"

我的暴力,眼泪,在他面前统统失效。于是我索性把头抵到他怀里,用力地,妄想抵到他不能呼吸,方可让他也体会体会我此时进退两难的处境。他却很受用地伸长了手臂抱着我,带点胡渣的下巴粗暴地扫过我的头顶,说了句狗屁不通的话:"北京,天气真好。"

那一夜,他带我到南二环一个环境不错的商务宾馆。第一次来这样的地方,我有些拘束,甚至不安。他倒是很自然,邀我坐下,并泡茶给我喝。我没想到,他拿出来的竟是雅安的藏茶,小巧的金色的茶砖,融入开水里很快就散发出久违的来自家乡的特殊香味。我的鼻子莫名其妙就酸了。

更没想到的是,他居然随身带着小巧精美的茶具,沏茶的动作,专业极了。若不是亲眼所见,实在很难想象一个像他这样以前整天只知道打架和装酷的人,能对茶这种安静的东西有如此的耐心和兴致。

Farewell Song III

"我喜欢藏茶。"他递给我一小杯说,"每次喝,都想起你。和茶呆久了,你就知道,人也如茶,这茶就像你,味浓,犟得很,但喝起来有劲道。"

"那什么茶像你?"我好奇地问。

他坏笑:"我的味道,最清楚的难道不应该是你?"

不得不承认,深夜两点,在陌生的宾馆房间,与说好永不再见的冤家对坐喝茶,这种对话的尺度对我而言还是多多少少有些挑战性。

好不容易,我鼓起勇气迎向他的眼光说道:"当然不。"

他笑:"我怎么感觉你喝的不是茶,是醋?"

"因为我很介意。"我说,"介意有别的人,比我更重要。"

"难道你今晚的所作所为,我就不介意么?"他喝口茶说,"你是学法律的,应该知道,在这个世界上,公平公正也很重要。"

"他只是朋友。"

"你可以替他围围巾的朋友?"他说,"我记得我从没有过这样的待遇。我是不是可以认为他在你心目中的地位比我更重要呢?"

他不当律师,真是可惜了!懒得跟他胡搅蛮缠,我只能问他最最重要的问题:"你为何突然出现在我家楼下?"

"你得先回答我,是你的家,还是你和某人的家。"

"他只是送我回家。"

"那夏花是住你家楼上,还是楼下?"

"我们住一起。"我说。

这显然是他没想到的答案。

"她逃了婚,又长时间不跟我联系,我就估计着她出事了。但说实话,我无论如何都没想到这事与你有关。马小羊,能给我一个解释?"

我问他:"夏花谈恋爱的事,你知道吗?"

他对我摇头。

"那她真正喜欢的人是谁你知道吗?"

他说:"反正肯定不是于秃子。"

此时此刻,我觉得再隐瞒他已经没有任何的必要,于是,我坐直了身子,决定告诉他真相:"你听我说,夏花喜欢的那个人,是我爸爸。"

我的话显然惊到他了,在他五官异位又重新归位以后,他点燃了一根烟,坐在那里狠狠地吸,半天不说话。

"其实他们,挺适合,挺好的。"我说。

"你的意思,是要我给他俩发封贺电么?"

"你别怪她,她不是故意瞒你的。"

"那是怎么样的?"他扔掉烟头说,"或者你可以教教我,如果我现在站在你爹面前,我应该叫他老爸呢,还是姐夫呢?操!"

清晨醒来，侧目看他，他还在沉睡。

昨晚忘记了拉窗帘。冬日的阳光直射进来，柔柔地照在他的鼻梁上。我伸出手去轻触他的脸，他一定累极了，竟然毫无反应，转个身继续睡。

我起身，背对着他打开手机，首先跳出来的是肖哲的短信："谎已替你撒好，下不为例。"

再一条："我决定回家过年了，新年快乐！"

再再一条："爱情是伟大的，失败也是伟大的！"

他的短信一条一条地来，像个话唠。好不容易中间夹了一条是颜舒舒的："肖哲喝高了，在我这里鬼哭狼嚎了一整夜。"

怪不得。

我正考虑着要不要给颜舒舒回个短信，忽然有人轻拍我的肩，原来是他已经醒来。我吓一跳，手机下意识地藏到背后。他应该是看到了我这个小动作，但他没说什么，只是伸长了胳膊，让我躺到他怀里去，我顺从了。他的脸贴着我的脸，温暖舒服。从这个角度可以看到北京的天，雪后的天空，干净得像一面镜子，照得人心里也亮堂堂的。

他说："过完年，我也搬来北京。"

"一个人？"

"那你希望我几个人？"

我沉默。

我们当然都知道彼此心里想的是什么，经过昨晚，我更深刻地明白一点，拥有便得知足，人生前三百年后四百年，问也问不清楚，好多事就算问清楚了只徒留伤悲。在我以为将永世放手之后，还可以在一起，哪怕只有一天一夜，哪怕只是面对面坐着共饮一杯家乡茶，我亦有足够的幸福。

"对了，夏花骗于秃子几百万的事你知道么？"他忽然问我。

"知道。"我说。

"那你告诉我，那些钱去了哪里，该不会是存到你老爹的户头上吧？"

什么话！我简直被他气得头顶直冒火花。白天的我，理智尚且健全，我忽然想明白了一点，难怪他这么晚从深圳飞来北京找夏花，等在冰天雪地里还毫无怨言，或许他根本就是冲着那些钱而来的吧？原来这些年来，他没有变过，从来都没有，他还是那样的一个人，自我，狭隘，唯我独尊，要钱不要命。

从梦境瞬间跌到现实的谷底，我只能想到离开。

我拿着我的外套走到门边，手刚碰到门把，他已冲过来，把我的两只胳膊牢牢地扣在身后，让我动弹不得。他力气真大，我的反抗一点作用都没有，不过是转瞬之间，我已经被他压到了床上。

我试图想要挣扎，就听到他警告我说："我没有那么多的耐心，你最好给我乖点。"

我闭上眼，等候他的暴力。我知道，这是宿命，谁叫我咎由自取，甩了肖哲直奔他而来，所有的伤害都有预警，我却统统视而不见。

"看着我。"他命令我。

我睁开眼，看着他的脸，离我那么近，又熟悉又陌生，我真不敢看。那一刻，恍如在梦中，或许这才是我们最适合的关系，只有在梦里，才能不费力气地拥抱那些甜蜜和美好。一旦进入现实，费尽周折却只是互相伤害，越来越远。

多么可悲。

他问我:"你是不是很想知道夏花结婚的前一晚,我为什么非要赶回深圳?"

他整个人重重地压在我身上,我很痛,呼吸困难,根本就说不出话来,连点头都困难。但我不会流泪,也不想屈服求饶,不想在他面前失去最后的一点尊严。

还好他终于肯放开我一点点,继续对我说道:"其实,夏花挪于秃子几百万的事,于秃子早就知道了,只是他猜错了,以为她会把钱都交给我。就在他们结婚前一夜,于秃子找人去我家,想把钱偷回去,他们以为家里没人,其实有人在睡觉。她怀有五个月的身孕,受了惊吓,往外跑的时候从楼梯上摔下来,孩子流掉了。那孩子,是我的。"

原来,是这样。

"马小羊。"他在我耳边说,"我其实一无所有,你要敢离开我,我就跟你同归于尽。"

我欲哭无泪。

原来爱情就是明知故犯,不计前嫌。我终于明白,为何多年以前的于安朵和他在悬崖上,表演那一幕华丽的吻的时候,几乎同时,我被刺痛的心就已经原谅了他。

所以,虽然我逃了那么多年,却难逃一次次被他捉在手心的命运。

但又有哪一次不是我心甘情愿甘之如饴呢?

在我的眼泪掉下之前,我唯有紧紧抓住他的手,与他十指紧扣,希望他能通灵我心。

"我跟她,没有婚约的。"他主动交待说,"当年她卖了店,和我一块儿到深圳,我们吃喝玩乐了一整年,加上我又赌,钱很快花光了。后来我下定决心痛改前非,是她到夜总会做小姐,赚够了本钱,让我开了一家茶叶店。现在,店已经开到第三家了,生意也算不错。孩子流掉后,她患了抑郁症,整天不说话,我找了专人护理她,但我们之间的共同语言,越来越少了。"

"可是,"我说,"她离不开你,不是吗?"

"这不是你关心的事情,"他说,"相信我,我会处理好。今晚我就回去,你要做的,就是等我回来,好不好?"

"不好。"我说。

我不喜欢他这样跟我说话的语气,仿佛一切都在他的掌握之中,与我无关。更仿佛每次这么一说,就是长久的分离,再见不知哪一天。

我不得不承认,这是我心里的阴影。

他仿佛看出我的不安,再度搂紧了我。

"可是,你来北京不是来找夏花的吗,难道不见她就走?"

"既然你告诉我她还活着,我就放心了,见不见无所谓的。她一直怨我到深圳那几年不理她,她哪里知道,我混得那样背,是怕给她添麻烦。现在好了,她倒是不客气,反过来给我添个大麻烦!别的我都不怕,我就怕她因为钱,活活丢了性命。"

"夏花知道于秃子找你麻烦的事吗?"我问。

"她还不知道,"毒药说,"算了,你也别提,省得她心里堵得慌。她那个性,弄不好又去找于秃子打打杀杀的。我也想通了,孩子流也流掉了,那些钱就让她留着,当我没出世的儿子替我这个不争气的爹还债了,我这辈子欠她的,真的太多了。她要不是为了我,也走不到这一步!"

我真受不了他用这样的语气跟我说话,唯一能做的,就是再一次把头紧紧地抵在他怀里,两只手伸直了搂住他的脖子,不让他喘气,也不让我自己喘气。

他容忍着,一声不吭,直到我自己筋疲力尽败下阵来,他才捏着我的下巴说道:"我必须承认一件事,我这人天不怕,地不怕,就怕你。"

我得意地微笑。

"我饿了!"他起身套上衣服说,"我要出去吃个早餐。"

我可怜巴巴地说:"我也饿。"

"限你五分钟打扮好。"他还是那样凶巴巴。

而事实上,我三分钟就把自己收拾得妥妥帖帖,让他没什么话好讲。我们来到宾馆三楼的餐厅,那里是广东早餐,点心,粥,面条,一应俱全。

"每次来北京,我都住这里。"他说,"就是喜欢这里的早餐。"

"你怎么越来越像个中年人。"我点评他。

"你是说我长得不像老公像叔叔么?"他又在哪壶不开提哪壶了,心眼真小!

当他喝完一碗粥,吃掉一笼叉烧包,继续向一碗面条进军的时候,我实在忍不住,决定把真相告诉他。免得他整天黑着一张脸,像我欠了他一千万!

"你对夏花有误会。"我说。

"这面不错,和天中那个小面馆的有得比。"他像没听见我说话一样,招呼我说,"来,你也来一碗。"

"夏花真的不是因为跟我爸在一起,才不跟你联系的。"

"快吃吧,瘦成这样,以后我养着都费劲!"

"你听说过一种病,叫红斑狼疮么?"看此情况,我只能单刀直入了。

他的筷子停在半空中。

"夏花之所以与你断了联系,并不是因为她跟我爸爸在一起,而是因为,她得了这种病,她认为自己活不长了,她不希望你为她伤心为她难过,所以,她才处心积虑地瞒着你。她以前跟我爸借过一大笔钱,在嫁给于秃子之前,她就知道自己的病了,她骗了于的钱,全都给了我爸,准备一死了之。我们在艾叶镇的悬崖边找到她,要是再晚一步,她恐怕就真的没命了。但是那些钱,我爸没要,全还回于家了,是我亲手交给于安朵的。我本来答应她,不告诉你这些的,我只希望她不会怪我。因为我更不希望的是,你生她的气。你就这一个姐姐,一个亲人,我不希望你们之间有任何的误会。"

他看着我,筷子放到桌面上。

"不过她没事了。"我安慰他说,"医生说,只要好好保养,没问题的。"

"你懂个屁!"他骂我。

算算算,看在他心情不好的份上,我原谅他的无理。我就不信,在以后漫长的岁月里,我会收拾不了我眼前的这个粗人!

(22)

年夜饭，八菜一汤。

阿南说：这是"长长久久"的意思。他还说了一连串的规划，比如过完年后，就要开始在北京做生意，等有钱了再买一套房，把奶奶也接过来住，把老家的旧车卖了在北京买辆新车，今年夏天带我和夏花去巴厘岛度假等等等等。

"你放心拿那笔钱去投资吧！"夏花说，"我相信你的能力！"

"小心你的新衣服，别把葡萄汁洒上面了。"阿南笑着提醒她。

夏花和我都穿了新衣服，这是我们昨天下午一起去逛街买的。买单的人当然是阿南，他不厌其烦地陪着两个女人逛商场，哪怕我们买双袜子也跟在后面笑呵呵地掏钱，卖衣服的小姑娘一口一个"大哥"地唤他，还很八卦地猜我们三人的关系，夏花指着我说："没看出来么，我是正房，她是小三儿！所以这件贵点的归我！"

小姑娘嘴巴张得老大，我把衣服统统塞到夏花手里说："妈，你随便挑，挑中的我来买给你好了！"

阿南笑得，明明该付人家六百块，却给出去七百块。夏花把多的那一百块人民币抢回来，亲一口说："虽然我们很有钱，但是一百块对我们也是很重要的哦！"

瞧她爱钱如命的样子，真是和林果果一模一样！一想到这个，我就忍不住替阿南担心起来了！

阿南给自己开了一瓶酒："肖哲这小子也是，说陪我喝酒，又跑回家了。马

卓,老实说,你们是不是闹别扭了啊?"

"肖哲没戏,"夏花说,"不是我家马卓要的那盘菜。"

"是缘分没到吧。"阿南憨厚地笑。

自从那晚之后我就没再见过肖哲,只是陆续还会收到他发的短信:

"已到家。"

"回天中看了一眼。"

"这里零度,比北京暖和。"

他的短信永远发得像电报,无喜无悲。我对他当然有抱歉,但我无从说起。不知道为什么,我会害怕看夜晚的天空,害怕想起他的"一生守候一颗星"的伟大理论。在肖哲面前,我永远都是那个亏欠的,无法理直气壮的角色。所以,才会看似常常占着上风,但从来都不是赢家。

年夜饭全是阿南张罗的,不肯让我俩插手。一桌子菜摆上来,真是色香味俱全,他厨艺日渐高明不说,一定精心准备过。有时我真不敢相信这个世界上还会有阿南这样的人。仿佛自己的一生是为了别人的存在而存在,有一颗近乎天使一般的心。最要命的是,他以此为乐,自己都不了解自己有多么伟大。开饭前,夏花埋头在发短信,我也在发短信。阿南看着我们叹息说:"你们俩坐在我面前,我是没什么人可以发短信了。"

"我给我那个死弟弟发的。"夏花说,"大过年的,打他电话也不接,整天神出鬼没的不知道忙啥。说起来,我这一生好多个年夜饭,都是跟他两个人一起吃的。我们姐弟俩相依为命十来年,如今一个在南一个在北,估计我就是死了,他也得好几年后才知道。"

"大过年的别说这些胡话!要不等过完年,你让他来北京看看你,"阿南说完,又很快地补充说,"你怕的话,我们可以回避的。"

"我怕啥!"夏花飞快地举起酒杯说,"算了算了,不说这些了,来,老爹,妹妹,我们干一杯,祝你们一年更比一年好!"

阿南与我们碰杯说:"也祝你俩身体健康,越来越漂亮!"

他话音刚落，门铃就响了。

夏花和阿南对望一眼，一定在奇怪会是谁。我抢先一步站起身来跑去开门，看见他站在门口，一只手拎着一大袋礼物，另一只手拿着一瓶五粮液，微笑着对我说："新年好，马小姐。"

我低下头，让他进来，屋内的两个人都惊讶地站起身来。

"死样哦！"夏花尖叫着扔掉手里的筷子，三两步扑到门边就一把抱住了他。他两只手里都是东西，没法回抱，只能用脸颊碰碰她说："惊喜吧，幸福吧？"

"惊喜个屁幸福个鬼！"夏花放开他，一拳头打在我胸口说，"过分，这等大事也敢瞒我！"

"是我的主意。"毒药说完，把那袋子礼物交到我手里，拎着酒瓶径直走到餐桌边，对着犹如在梦中的阿南说道："伯父，我来陪你喝酒，可好？"

他叫他伯父，这个称呼不知道他在心里斟酌了多久。但不管如何，他看上去是那样的彬彬有礼，言行举止无懈可击。不得不承认，和当年那个混蛋小子相比，他早就已经脱胎换骨犹如新生。此时此刻，如果我是阿南，我想我对他也没有什么好挑剔的地方。

"爸，对不起。夏泽来之前没有告诉你，是因为我一直都不知道该如何开口。"我走上前跟阿南解释，心里真是紧张到了极点。

"是，是有点突然。"我的紧张好像也传染给阿南了，他结结巴巴地说，"欢，欢迎。马卓，快去加副碗筷。"

"要怪就怪我。"毒药说，"我怕夏花知道，不让我上门。"

"当心现在也被赶出去哦。"夏花用筷子敲着桌边恐吓他。

"我不怕，马卓会保护我的。"

他竟然当着阿南的面如此露骨地和我打情骂俏。我的脸不是红的问题，简直就要绿了，于是赶紧起身去厨房替他拿碗筷和酒杯。夏花走到里面来，低声问我说："什么情况，有点突然！"

我耸耸肩，表示无可奉告。

她凑到我耳边问我说:"老爹傻了,咋整?"

"傻了总比疯了好。"我低声说。

夏花狠狠戳了我脑门一下,嘻嘻笑着先跑出去了。我拿着碗筷回到客厅,发现毒药已经在跟阿南展示他带过来的茶具和茶叶。

"这种大红袍我店里总共就半斤,吃完饭我给您泡上一壶,很有味道。这套茶具也是我特意为您挑选的,来自景德镇,一壶四杯,手工绘画,可是孤品啊。"

阿南拿起一只杯子,对着灯光研究了半天说:"确实好,确实好。不过这么贵的东西,我可不能收。"

"伯父您见外了。"毒药说,"好马配好鞍,好茶配好人,您担当得起。"

"看来你真当上老板了?"夏花插话说,"话说那茶楼,不是你打砸抢弄来的吧?"

"姐姐,"他温和地说,"大过年的,能不能替我留点面子?"

唉,要他做到这样,哪怕就是装的,也真是难为他了。为了支持他,我赶紧招呼大伙儿说:"来吧,再不开饭,菜都要凉了。"

大家这才依次回到桌边坐下,毒药把他带来的酒开了,把阿南面前的酒也换了,各自斟了满满一杯,站起身来双手举杯对着阿南说道:"伯父,首先谢谢你接受我这个不速之客来您家过年,再谢谢这些天来,您对我姐姐的这份照顾。您的大恩大德,我们姐弟俩会记得一辈子。最重要,也特别要谢谢的是,您辛苦带大马卓,让我可以拥有这么好的一个好姑娘做人生伴侣。以后,您放心把她交给我,我发誓好好照顾她,不让她受任何委屈,什么事都让着听她的,只要她开心,什么都好!我呢,是个粗人,不会说话,以后看我表现,有不满意的地方,您尽管提,我一定改!不多说了,我先干为敬!"

说完,他一仰脖子,整杯酒下肚。

我形容不出阿南的表情,更是无从猜测他此时的心情。看着他也爽快地把一杯酒干掉,我总算松了口气。

还是夏花会调节气氛,替他们重新加满酒说,"台词不错哦,练了多长时间啊?"

"一晚上而已。"他说,"你弟弟我没那么笨。"

"我还以为你死在深圳了呢。"夏花说,"我结婚那天你都能跑掉,要是你在,我也不用逃得那么狼狈的嘛。"

"还好意思说!"毒药说,"你惹祸的时候给我打过招呼么?"

"也是哈!"夏花把葡萄汁一口喝干,拿起酒瓶给自己倒酒说,"是为姐的不对,来来来,干一杯道个歉哈!"

"不可以!"首先制止她的人,是阿南。

"让我喝一点点,就一点点儿!"夏花跟阿南撒娇。

"什么时候病好了什么时候喝。"毒药抢过她手里的酒瓶,替她再次倒了一杯满满的葡萄汁。

听毒药这么一说,夏花的手明显抖了一下,转头看我,我心虚地看窗外。

"你别看她。"毒药说,"你的脾气我还不了解,要不是出了大事,一天没十个电话也有八个!我早说过了,你弟弟我没那么笨。得病了就好好去医院治,跑去骗什么钱跳什么崖,年纪轻轻犯点错就算了,七老八十了还干这些烂事,丢人现眼!"

"不想理你。"夏花强辩。

"没事的。"阿南打圆场说,"医生都讲没事了。"

"喝啊!"毒药举起杯子对着夏花。

阿南插话:"凉,少喝点。"

夏花嘿嘿一笑,端起杯子来。毒药跟她碰杯说:"别以为于秃子那种人是吃干饭的。还算你识相,知道把那些不该要的钱还了,不然,这个大年夜你恐怕就不是在这里跟我干杯,而是哭着替我烧纸钱了!"

夏花听了这话,看看阿南,再看看我,手里的杯子"砰"一声砸到桌上,人弹起来,"嗖"一下就跑进里屋去了。

光看阿南的表情我就知道,完蛋了。

（23）

当阿南和毒药合力撞开卧室的门时，夏花竟然已经光着脚，攀援上了高高的窗台。我的心一下子吊到了嗓子眼。

这是一幢旧楼，她住的这间本该有护栏的，但不知为什么从我这个角度往她身后看，根本看不到护栏的影子，只看到窗外的夜色黑得诡异，看不到一点点光亮。而且，因为屋内有暖气，所以夏花只穿了一件棉袍，整条腿都光着跪在老式的铝合金窗台上，面对着北方呼呼呼的寒风，正在尝试着努力让自己来个"自由降落"。

不得不承认，和洛丢丢的那种做秀跳楼相比，夏花这个实在是太惊心动魄。

"夏花，你给我下来！"阿南声音抖得不像话。谢天谢地，那个护栏做得特别牢也特别密，这让她根本没有可以往下跳的可能。

"你们敢搞掉我的钱？！"她转回头，睁大眼睛，把"我的"那两个字说得特别重，就像我们刚刚一起打劫了她一样。

"那是我的救命钱，你们知不知道！"她尖叫起来。

阿南跑上前去拉住她："你先进屋来，有话慢慢说。"

"滚开！"她用力推开阿南，泪眼婆娑地说，"你以为你是谁？你敢骗我？你知不知道我弄那些钱有多不容易，没我的同意，你没权随便还回去！那是我命换来的，你们晓不晓得！"从哽咽发展为呜呜哭泣的她，一只手扶着窗户架，另一只手在玻璃上用力拍着。玻璃颤动着，噼里啪啦震天响，整个玻璃面眼看着就要掉下来了。

"进来再说好不好？"阿南求她，伸出双手想要搂住她，但她不理，还拿脚踹他。一只脚悬空，她就更站不稳了，像在表演杂技。就在那时，只见毒药一个箭步上前，将她从窗台上生生地"拔"了下来，像扔一只枕头一样扔在床上。

我迅速将窗户关上，插销插死。

"小心摔到！"阿南正要去扶她，可她打了一个滚又一跃而起，冲到角落里拿起新买的那双高跟鞋，对我们劈头盖脸地砸过来。我半蹲着没被砸中，几乎悉数全砸在阿南身上。阿南没办法，只能将她双手按住，没想到她对着阿南的脖子就是狠狠的一口。

"你有完没完！"毒药怒吼一声，将她扯开。阿南顾不上自己，心疼地扑过去抱住夏花说："轻点，别伤到她。"

"猪头，你别碰我！"她愤怒地推开阿南。自己却一不小心撞到床角，狠狠摔到地上。

我走过去扶起她，坐在床沿上，替她整理好衣服。她全身都在发抖，想起医生说过她千万不能情绪激动，心里就慌了。

"你先冷静嘛。"我哄她。

"我没法冷静！"她摇着头，用手指着毒药撕心裂肺地喊着，"我他妈从小就知道钱重要，你问问他，是不是，没钱，没活路！……我都半条命进棺材的人了，那点儿钱你们拿着替我善后算我求你们成不成成不成啊？！傻X！"

我从没这样面对面见识过她的彪悍，像是活脱脱见到另外一个人似的。

毒药走上来，拍拍我的肩说："马卓，你带伯父出去休息一下，这里交给我。"

我和阿南对望一眼，阿南的眼中有犹豫，但我走过去，拖了一把他，他便顺从地跟着我出去，将房间留给了他们姐弟俩。

桌上的饭菜早冷了，也失去了先前让人充满食欲的色泽，本该开开心心的一顿年夜饭，没想到竟是这样的结果，屋外已经有人开始在放鞭炮，每家的电视声都开得好大。新年到，新春到，处处歌舞升平一派大好时光。只是这一切都与我们无关，阿南坐到沙发上，手插进头发里，不肯说话。

我安慰他:"没事的,总有个过程,她接受了就好。"

"也许不该瞒她。"他叹息,"撒谎总是不好。"

我侧耳听里屋,竟听不到任何的声音。坐了一会儿感觉无趣,我端着鱼头进了厨房准备把它热一热,鱼头倒进锅里的时候,阿南跟了进来,对我说:"马卓,今晚我要送他去宾馆,家里没地方住。"

"我知道,"我说,"他自己早就定好宾馆了,不必担心。"

"你也知道……"他有些犹豫地说,"要我接受,也要有个过程。"

"知道的。"我说,"没关系。"

他搓着手,像表决心一样对我说:"当然如果夏花的病好了,其实我也可以跟她在一起的……"

"爸,"我打断他,"我可以问你一个问题吗?"

"你问。"

"你到底爱不爱夏花?"

他不答我。

"你是更爱我妈,还是更爱夏花?"

他依然不答我。

"我来帮你回答,你是更爱我妈,对不对?她在你心里,永远都是第一的位置,对不对?但是就算是这样,你也一样爱夏花,你也会为她担心,为她痛苦,对不对?死者死,生者生,是你的就是你的,不是你的也强求不来,这些我们都逃避不了,对不对?"

"你到底想说什么?"他没听懂。

"我想告诉你,我真的很爱他。像你当年爱林果果,也像你今天爱夏花。这就是爱情,不可回避,不能被否认,但是我的爱情,你的爱情,是没有任何关系的,你不必为我牺牲任何,我也不会为你牺牲任何,说白了,我不怕我们四个人站出去被人笑话,因为一个人如果不能正视自己内心的情感,那才是最最可笑的事情,你明白吗?!"

说完这些，我关掉火，跑到厨房的那个小阳台上，去透透气。

可能是我把话说得太白了，他反而不好跟出来给我解释什么。十分钟后我出去，厨房里没见着他，来到客厅，也没见着他，正担心，忽然发现客厅露台旁多了两双拖鞋，然后，透过那扇大大的关着的玻璃门，我竟然看到阿南和毒药站在露台上抽烟，并且在交谈，更不可思议的是，他们居然都面带微笑，好像什么不痛快的事都没有发生过，这只是一个欢乐祥和的大年夜。

我头一低，差点掉泪，此情此景，或许我在梦中曾有过，又或许我连做梦都没敢做过，我一生中最重要的两个男人，我是多么高兴他们可以这样。不管他们谈的一切，与我有关，或是与我无关，都不重要，重要的是他们摆出的这种"可以交流"的姿态，这简直是我最好的"新年礼物"，不是吗？

为了平复一下心情，我给自己倒了一杯酒，一饮而尽，就在这时候，我听到夏花的声音在我身后响起，她说："老爹呢，我饿了？"

我回身看她，现在的她和刚才的她相比，显得很平静，那股不依不饶的劲儿看来是过去了。拉我在桌边坐下，她对我说："对不起哈，今天耍过头了。"

"没事。"我说。

"毒药说得对，钱和人比起来，还是人重要。"她说，"老爹对我好，多少钱都换不来。"

"想通了就好。"我说。

"其实也没完全想通。"她多少有些无奈地说，"但事到如今，还能怎么着？那么多钱啊，我一辈子都没见过那么多钱呢！"

"你知道我妈怎么死的吗？"我对她说道，"她就是为了钱，横尸荒郊野外，到现在都不知道凶手是谁。"

"讲故事哦！"她瞪大眼，表情和林果果真是相似。

"那一年，我还不到10岁。"我继续说，"有件事你可能一直不知道，我爸与我非亲非故，是他收养了我，不然，我可能就要进孤儿院了，到现在，不知道流落何方。"

听我说完这些，我感觉夏花的下巴都快要掉下来了。

"他是我这辈子见过的最好的，最负责任的男人。"我说到这里，露台的门打开了，阿南和毒药一起走了进来，只见夏花对着阿南就直冲了过去，紧紧抱住他，头贴在他的胸口，不说话，就是死抱着。

阿南很尴尬，推开她也不是，但不推也不是。

站在他前边的毒药，背对着那两个抱成一团的人，暗自拍了拍他的胸口，示意我也扑过去，我朝他扬了扬紧握的拳头。他仰头笑起来。平时他都是摆着一张臭脸装酷，这还是第一次发现，他笑起来超好看。

那天晚上，我们在阳台上放烟火。毒药替夏花掩住耳朵，我前所未有的兴奋，在阳台上一边跺脚一边放声对着天空大喊："新年快乐！新年快乐！"

"从没见你这样高兴过。"阿南的眼里似乎噙着泪水。

"她能看到的。"我握住他的手说，"她一定比谁都高兴。"

像被一道光照亮的女孩的脸庞，
　闪烁着幸福，
　仿佛阴霾已不复存在。
　请时间停在这一刻，好吗？

(24)

一转眼，年就快过去了。

这快乐的十来天，像是坐在火箭上，过得嗖嗖快。

那一天是元宵节，毒药回深圳的前一天，他请我吃饭。知道我是四川人，馋辣，他特意把地点选在了京城一家有名的火锅店，如若不是早定位，来这里等上两小时也是正常。本来计划的是四个人，但夏花不能吃油腻辛辣，阿南留在家给她做饭，所以最后就变成了我们两个人的约会。

在位子上刚坐下，我就意外地看到了洛丢丢。她头发剪得奇短，穿着一件明显大一码的红色围裙，卷着袖子，脚上还是蹬着那双已经被她穿得脏兮兮的LV球鞋，像只彩色蝴蝶，在大厅中来回穿梭。

刚开始我怀疑我是不是错了，但仔细看，真的是她。而此时，她就站在我前方那一桌，背对着我，正对着几个男人进行着她的推销。

"我说哥，您看您点了这么一大桌子菜，这点儿开瓶费您还付不起？"

其中一个穿红T恤的男的，人到中年了，长得又肥又胖，一看就属于那种"人间极品"。他冲着洛丢丢大声喊了句："哥，我当你爸爸差不多！"一桌人跟着哄笑起来，一个戴眼镜的瘦子不满地说："我们常来这吃，以前就没收过开瓶费，今儿个元宵节，还非多赚我们几块钱？"

"对对对，就因为过元宵嘛，多给个红包，多一点彩头！"她一边赔着不是，

一边又开了一瓶啤酒,凑过去给他满上一杯,"恭喜大哥新年发财万事如意福如东海寿比南山!"

"这可是你满上的,"红T恤胖子才不理会她满嘴好话,把酒杯往桌面中央一推,说,"我可没让你开这瓶。"

"得得,我喝还不行?"她举起酒杯,一饮而尽。那胖子来劲了:"酒量不错,这瓶也吹了再说。"她二话不说,真的照喝不误。胖子兴奋极了,伸出手在她腰上掐了一下,说:"有点儿意思啊,不过你到底男的女的啊,我得检查一下!"

"干爹您饶了我,"她把胖子的胳膊从自己的肩膀上抹了下来,说,"我还得做生意呢,您要是拍板跟我买十箱酒,我今晚让你好好检查不成么?"

我看着她在那里跟人胡扯的背影,不知为何,竟有些说不上来的心疼。一个好好的富家千金,放着福不享,大过年的,不知道为何要到这里来受这等罪,任这等人消遣。怕她尴尬,我低下头,希望她不看见我就好。谁知道她一转身就看向我这一桌,目光正好与我相对。出乎我意料之外的是,她见到我,并没有上来搭讪,而是眉眼一低,人快速就闪不见了。

"看什么,认识?"毒药问我。

"也许吧。"我说。

那家的火锅味道真的很正,加之中午也没怎么吃东西,我吃得很多,不经意抬起头来,发现他正饶有兴趣地注视着我的狼吞虎咽的样子,弄得我怪不好意思的。

"以后我们有家了,"他说,"你做给我吃。"

"为什么是我?"

"女人嘛,不做饭干吗?"

"我要工作的。"我说,"我可不习惯被人养。"

"我会慢慢让你习惯的。"他笑嘻嘻地说。

我继续吃,懒得跟他扯什么"女性宣言",想必那些都是他不屑一顾的东西。不过我并不担心,尽管我对爱情婚姻从没认真研究过,但我清楚它们都必须经过磨合、历练,方可修成正果。

我有这个耐心。

手机就在这时候响了,是阿南的短信,提醒我早点回家注意安全。我看看表,不过才八点钟,真不知道他担的是哪门子心。

"你爸吧。"毒药问,他有时真是聪明。

我点点头。

这些天,为了不让阿南担心,我们都尽量选在白天约会,晚上10点前,他一准会送我到家,跟夏花随便聊几句,再自己打车回去。不过我知道的是,他已经在到处找房子了。

"今晚我不放你回去。"他笑着说,"我也得让他习惯,什么事情,习惯了就好。"

"别。"我说,"战略战术很重要。"

"什么战略战术?"他说,"你不会告诉我你打算在他俩结婚的时候把我俩贡献出去当花童啥的以博得你爸的同情和好感?"

"你别胡说!"我说,"我爸并没有反对我俩。"

"他要真反对呢,你听谁的?"

"我听我自己的。"我说。

他对我这个答案好像还算满意,没再继续这个话题,而是又开了一瓶啤酒来喝。啤酒妹这回换成了一个高个子姑娘,她显然没有洛丢丢的热情,一直板着一张脸。

"刚才那个呢?"临桌的胖子冲着她喊,"骗我买了酒,人就不见了!把她给我叫出来!"

"她有事先走了,这是你们要的酒!"高个女孩把一箱酒往他们桌边一放。

"她不来开酒,就全退了!"胖子叫嚣着,"去,叫她滚出来,敢骗大爷!"看样子,那胖子已经喝高了,脸红得像猪肝。高个女孩不敢惹她,低声说了句"我去看看"就要走开,胖子却不饶她,跟着追过来要拉住她,谁知道地上滑,他身子朝着我们这边一歪差点摔倒,碰翻了我们的菜车,菜洒得满地都是,一盘青菜几乎

全扣在毒药的新皮鞋上面。

"你他妈是吃饭还是叫春!"毒药大声喝问。

那胖子一看就是个孬种,见到毒药这种狠角色,一声都不敢吭,很快就被他朋友拉回了座位。高个女孩一边说着对不起一边蹲下身来,拿餐巾纸替毒药清理皮鞋上的菜渣。

"行了行了,我自己来!"毒药不耐烦地说。

领班闻讯赶来,一连串地抱歉说:"真是对不起对不起,我这就让人替你们换几盘菜上来。喜欢吃什么告诉我,再送你们一盘!"

"赶紧收拾收拾得了!"毒药点燃一根烟说,"大过年的,吃个饭都不清闲。"

"先生,这里是非吸烟区!"领班提醒他。

他叼着烟对她说:"老子买单行不行?"

"不好意思不好意思。"见他凶得要死,领班也不敢跟他理论,赶紧叫人来替我们收拾残局。

我看着他笑。

他横我一眼说:"笑什么笑!换我年轻的时候——"

我接他的话:"我就把这火锅给掀了!"

"聪明!"他说,"我就喜欢你聪明!吃饱没,吃饱了我带你去看看我相中的一家茶楼,朋友不做了,要转给我。"

看他的样子,还真是不打算放我回家呢。不过想到他第二天一大早就要走,我心里也自然是依依不舍,希望能与他多呆一秒是一秒。

他买单的时候,我借口去洗手间,顺便给阿南打电话,告诉他我要陪毒药去看茶楼,所以晚些回家。

"不要在外面过夜。"阿南说。

"知道了。"有时候想想他也真是傻,我这么大了,若我真不服管哪里能管得住我。偏偏我刚把电话挂掉,他又打过来说:"马卓,我不是非要管你,女孩子,要懂得保护自己。我不想你吃亏。"

"知道了。"我说。

推开洗手间的门我又看到了洛丢丢，她一定是喝多了，正埋在洗手池那里吐。我在镜子里看到她的脸，妆全花了，一张小脸真是历尽沧桑。

既然她不打算认我，我也不必非要理她。我洗完手正要离开，她却忽然说话了："姐姐，借我三千块。"

果然是如假包换的富二代，随口借个钱，起价就是三千。

"没有。"我说完就往门口走去，她忽然从后面来抱住我，脏兮兮的脸往我身上直蹭："姐姐救救我，今晚不还钱，我就死定了。"

"干吗不找你妈？"怕她弄脏我的衣服，我连忙推开她。

"我不能回家。"她哭起来，"我回不了家。"

我正头疼，洗手间的门又被推开了，进来的是那个高个女孩，面无表情地对她说："外面有人找你。"

"谁？"洛丢丢显得很紧张。

"不知道，两个男的。"

洛丢丢闻言，脸色大变，推开我们，直接往走道另一头的后厨奔去了。

我回到大厅，他已经买完单，站在那里等我，手里替我拿着我的外套。我正要伸手接过，他却把衣服张开，要替我穿上。我只好极不习惯地在众目睽睽中享受了这种待遇。他一把搂住我，和我一起来到餐厅外面，拦了一辆出租。我们上车，他刚跟司机报完地址，车子还没来得及启动，前面的车门就忽地被人拉开来，一个穿着奇装异服的人跳上了车，大声叫着："我们走喽！"

光听声音我就知道，是那个阴魂不散的洛丢丢！

"快下车！"我探身推她一把说，"我没空陪你玩！"

"我知道，你要谈恋爱嘛，谈恋爱很了不起吗？"她转过身来，一双大眼睛滴溜溜盯着毒药看了半天，夸张地叫道，"我的妈呀，天下掉下帅哥哥！"

毒药完全不明白状况，只能转头盯着我看。

离歌 FAREWELL SONG II

"想了解你身边的女人吗?"洛丢丢说,"你只要现在让司机开车,我一定会回报你莫大的惊喜。"

"你要是不下车,我也会回报你一个莫大的惊喜。"毒药说。

"算了算了!"看她可怜,搞不好又是被人在追杀,我连忙按住毒药对洛丢丢说,"是我朋友,带她一程好了。"

"姐姐你真好。"洛丢丢说,"我就去你们去的地儿,到了,你们放我下来,我保证不再骚扰你们!"

出租车启动了,横空出世的大电灯泡洛丢丢拍拍胸口,一副总算松了口气的样子。但没几秒钟,她就又不安稳了,掉过头来,盯着毒药一直看,羡慕地说:"姐姐你男朋友真他妈的帅得闪闪亮!"

我警告她:"闭嘴。"

"啧啧!"她羡慕地说,"难怪你拽得闪闪亮,有条件,有基础,有实力!"

"你朋友?"他实在忍不住问。

"自我介绍一下!"没等我开口,她已经迫不及待,"贫女姓洛名丢丢,小名无敌美少女,年方17,家境良好,请问先生尊姓大名?"

毒药不答她,只是对我说:"我头晕。"又扬声对司机说,"麻烦前面停车。"

"别赶我别赶我,我乖还不行么!"她喊完这一句,立马转回身去,用衣服蒙住脑袋,愣是一句话都不再讲。

毒药用质询的眼光看我,我只好低声对他解释说:"在律师事务所实习时,一个客户的女儿。"

"你这是当律师,还是当保姆啊?"他奇怪。

"你老婆牛!"前面那个不知死活的头闷在衣服里大喊,"我偷了她护身符,她让人差点打断我的腿。啊,我闭嘴!"

这个话题显然是他喜欢的,转头问我:"是吗?"

"听她胡扯,你以为我混黑社会啊!"

他伸手过来,在我脖子里拢了一圈,摸到了那个护身符,满意地笑了。虽然洛

丢丢一定没看见,我还是像被人当众揭了短处一样,脸一阵阵发红。

他叹息说:"首都就是首都,啥稀奇事儿啥稀奇人儿都有。"

这回前面那位识相,硬是没回嘴,不过我估摸着,脸都憋紫了。好不容易挨到了目的地,她抢先一步跳下车,衣服甩过头顶,大喊大叫:"自由啦!"

趁毒药还在付账,我把她拉到一边,塞给她一百块钱,说:"快打个车回家吧,过年也不在家陪你妈妈。"

"我妈不要我了。"她接过钱对我说。

"胡说八道。"

"不信拉倒。"她吸着鼻子,将钱塞进牛仔裤兜里,一副落魄小太妹的模样。

"我妈跟那个姓方的有一腿你知道不?"她忽然问我。

"别以为没人知道你干了啥!"我警告她,"做人要知好歹。多想想别人对你的好。你做了些什么你心里最清楚。"

"那他去告发我啊,他为什么不去告发我!让他们来抓我好了,我可不怕!"

"好了。"我说,"我走了,你快回家吧。"

"你可以给我带个话,我迟早干掉他!"洛丢丢说这一句话的时候,眼神里燃烧着可怕的仇恨。

"别乱来,对你没好处。"我劝她。

"他死了就是最大的好处!"洛丢丢哼哼。

毒药走上来,拉住我,又对洛丢丢说:"再跟上来,你腿就断了,别说我没警告你。"

"帅哥哥,我愿意为你断腿!"她居然继续恬不知耻地跟在我们后面,"喂,就算你不愿意,至少也交换个名片撒,咋称呼?"

毒药停下脚步,无奈地对我说:"我要真打人了你可别怪我粗鲁!"

"你走啊!"我推她,"再不走我给你妈打电话了。"

"这招狠!"她蹲到路边一个窨井盖子上,像是通关马里奥的姿势,朝我们挥挥手说:"BYE BYE 喽!"

我这才注意到,她只穿着一件很单薄的棉外套罩件T恤,这种天气里,实在是不保暖。

不过,活该,像她这样放着福不享非要"作得闪闪亮"的富二代,想想也实在没什么值得我同情的。

（25）

    这是一间中式的茶楼，面积不算大，但环境安静，装修得体。虽然我完全不懂做生意，但一圈转下来，还是甚合我心意。茶社老板名叫阿吉，大约三十多岁，很瘦，文文静静，跟毒药看上去比较熟。

    "真决定来北京，不会改主意吧？"阿吉问他。

    "决定了。"他说，"不改。"

    "你深圳的店都卖掉么？"

    "差不多吧。"

    "说起来你那几家店位置好，生意也好，你舍得？"

    他拍拍阿吉的肩说："这么多废话，你是不是舍不得把店转让给我了？"

    "我是要现金的，要不是手头紧，我还真是舍不得放手。一家店开久了，感情上也有依赖。"阿吉说。

    "我明早的飞机，会尽快把钱准备好，你就放心吧。"毒药说。

    "那没问题。"阿吉一面说，一面看看我。

    "我老婆。"毒药介绍。

    "你老婆太多，我分不清。"阿吉笑着，带我们走进一间VIP包间，刚坐下来，他就对毒药说："身份证给我去复印一下，有些手续我可以先办起来。"

    他掏出钱包，爽快地把身份证递给了阿吉。

阿吉起身出去了，我低声问他："身份证就这样随便给别人？"

"朋友嘛。"他说。

我职业病犯了，叮嘱他："还是最好别这样。"

"哦。"他漫不经心地应我，招呼我说，"我来教教你茶艺，你学会了以后好侍候我。"

"不学！"我没好气，"反正你多的是老婆侍候。"

"听那家伙胡扯！"他哈哈笑，伸手把我拉到他身边坐下。他给小茶壶倒上矿泉水，放到底座上开了电源烧起来，又将茶叶送到我鼻子底下让我闻："香不香？这是五年普洱。"

"为什么会喜欢茶？"我很奇怪。

"那你为什么要选择当律师？"他从来都不会好好回答我一个问题。

"也许是从小到大都没有安全感吧。"我笑着说，"爸妈都死得早。被人领养，处处看人脸色。虽然我爸对我很好，但感觉上总要仰人鼻息，生怕哪里做不好，让别人不开心。"

"以后不会了。"他臭屁说，"以后这个世界上，你只需要看我一个人的脸色就好。"

我忽然想起来："有件事，一直想告诉你。"

"说。"

"艾叶镇，那个曾经在建设中的——马小卓的花园，其实我是见过的。"

"哈哈，是吗？"他有些不好意思地吸吸鼻子，自我解嘲地说，"年轻的时候，谁不干点冲动的傻事。"

"谢谢你。"我认真地说。

"谢谢有啥用，"他看着我说，"也没见你哭着喊着满世界找我？现在好不容易在一起了，叫你给我泡个茶还叽叽歪歪！你说说看，将来我还能指望着你给我生儿育女做贤妻良母？"

生儿育女？他未必也想得太远了吧！

"你可别偷懒,至少要给我生三个。"他说,"麻将才能凑齐一桌。"

我正想骂他想得美,他的手机响了。他从口袋里掏出手机来,看了一眼,然后走出了包厢去接。

我只听到他一声亲切的"喂!"以及走廊里渐行渐远的脚步声。

好几分钟过去了,他没回来。

我想我能猜到那是谁的电话。这十几天里,这是我们都一直回避的一个话题,我给他足够的自由,是相信他一定能像他所说——处理好。

没有婚约,没有感情,处理好。

我也没有理由不信他。

茶几上的水开了,我独自冲茶、品茶。看窗外,天色并不大好,阴沉沉的,似乎要下雨,但还没够那个劲儿,云团仍在酝酿中。

一壶茶从热到凉,他还是没有进来。

其间阿吉倒是探头进来看了一次,我指指屋外,他就知趣地关上了门。侧耳细听,隐隐约约还能听到他在走廊那头讲话的声音,但当然听不到他在讲些啥。

我盯着手腕上的手表,足足半小时过去了。说起来,我和他之间,好像从来就没通过如此长时间的电话。随着时间一秒一秒的过去,我胸中的一股无名怨气越涨越满,抓起一个瓷杯用力捏来撒气,却没想到茶杯质量出奇的好,我捏得手发软,它都没有一点点要碎裂的意思。

不知道又过了多久,他终于推门进来,手机塞进口袋,微笑着问我:"怎么样,茶好不好喝?"

我放下茶杯,站起身,迅速地说:"不早了,我得回家了。"

"坐下!"他一面倒茶一面冷静地命令我。

"要下雨了,你也赶紧回宾馆吧,我可以自己打车回——"

"别他妈给我装!"他指着我说,"马卓,你今天要是敢走出这个门,我就敢把你整个人拆了,不信你可以试试!"

"不是的。"我可不想在茶楼里跟他硬碰硬,也绝对相信他这种人什么事都干得出来，我只能强作镇定地说，"家里有点事，我爸在催我。"

"怎么，就许他整天跟夏花卿卿我我，不许你坐在这里陪我喝一杯茶么？"

"你讲话别那么难听好不好？"

"那你得教我。"他说，"我这人没文化，比不上你那些朋友。"

他又话里有话了，我站在那里，走也不是，坐也不是。最后还是他给我台阶下，起身一把把我搂到他身边去。掏出一包烟来，吩咐我说："抽一根替我点上！"

看在他只有一只手自由的份上，我满足了他。

他亲我的脸颊，算是求和。

"我们回宾馆吧，"他说，"我很累了，明天还是早班飞机。"

"既然那么多话要讲，可以坐晚班飞机飞回去讲的。"

他哈哈大笑，放在腰上的手加大力度，疼得我眼泪都快要出来了。

"我就喜欢你吃醋的样子，"他说，"找抽又欠扁，可爱得要命！"

算了，既然他自己都说自己没文化，我也就厚道点，不挑剔他的语病了。

那晚，我实在拗不过他，跟着他回到了他的住处。趁他洗澡，我给阿南发了条很长的短信："他明天早班飞机要走，我今晚陪他谈生意，会很晚，就不回家了。请放心吧，我知道什么该做什么不该做。非常抱歉，让你担心。"

发完这条自欺欺人的短信，怕阿南打电话来询问，我又自欺欺人地关掉了手机坐在那里发呆，直到他洗好澡，换好衣服出来。把一块浴巾丢到我脸上，对我说："替我擦擦头发。"

"我跟你回深圳好不好，我还没去过呢，想去玩玩。"我一边替他擦着头发，一边望着窗外淅淅沥沥的雨故意说道。

"过阵子带你去，我这次回去一堆事要忙，没办法带你玩。"

"没关系。"我说，"我也可以自己去玩，不耽误你的事。"

"我回去还要处理一些事，带上你不方便。"他直言。

"你会跟她谈分手吗？"既然他自己已经提起，我也不想再遮遮掩掩。

"三家店，我留两家给她。我自己那家卖掉了，再贴上一点钱，可以换阿吉这一家，他急着要现金，价格还算合理。"

"然后呢？"我问。

"然后就呆在北京，天天跟你这个醋坛子吵架，行不行呢？"他用浴巾盖住我的头说，"快去洗澡，臭死了。"

"她不同意分手怎么办？"我问。

他指着外面的天说："你咋不问我如果我不同意老天下雨他非要下咋办？"

"好吧，相信你一次。"我一面说一面顶着浴巾打着哈欠往浴室里走去。

可能是白天太累的缘故，等我从浴室里出来，他已经歪在床边睡着了。我盯着他看了半天，不知道该不该叫醒他。纠结了半天我还是打算让他再睡一会儿，于是我关掉灯，躺到另一张床上，就在这时，我看到他放在床头柜上的手机在闪，很明显，他将其关到了静音上，我凑近，看到上面显示的是：老婆。

我吓得头一下子又缩回去，像做了什么亏心事。

过一会儿手机又开闪了，还是忍不住再凑过去看，这回过来的是一条短信："明天接你机，晚安，吻你。"

署名还是：老婆。

真是胸闷。

他翻个身，好像醒了，迷迷糊糊地招呼我："过来。"

我爬到他床上，蜷缩着睡在他身边，他自然而然地伸手把我拢进被窝，安心地又睡着了。

"别离开我。"我嗫嚅着。

"嗯。"他迷迷糊糊地应着我。

临别夜，我如此卑微而坦诚，好像这次如同其他很多很多次，分别后就很难再相见了一般。

清晨五点，我被他吻醒。

那时候我正在做梦，梦到天上下很大很大的雨，就要淹没我童年时的那个小

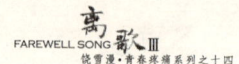

屋,我又回到五六岁,拼命踮起脚尖,仍就够不着窗户。

"怎么了?"他说,"做恶梦?"

"吵醒你了吗?"我惊醒过来。

汗水弄湿我的头发,全部贴在我脸上,痒到不行。我想伸手拨开,才发现手被他紧紧地攥着。

"你在喊妈妈。"他笑,用一只手替我拨开潮湿的头发。

是吗?

我侧耳听,外面果真是下雨了,尽管窗帘拉着还是能听到雨声。我跳下床,拨开窗帘,玻璃上蒙着一层厚厚的雾气,能感到豆大的雨点打在玻璃窗上,听到密密匝匝的敲击声,像有人在轻声叩门。天还是一片漆黑,我趴到窗口看,他从后面抱住我说,"这两天在北京看了好几处房子,有两处还算不错,就是面积可能不会太大,先委屈你一两年,以后给你买别墅。"

他去看房子了,他竟然没告诉我,我还以为他在跑生意上的事!

我低声对他说:"北京房价太高,咱们可以先租房住的。"

"这些不是你考虑的事。"他说,"你安心跟着我就好。"

"小时候,在雅安,也是动不动就下雨,我又没雨鞋,夏天还好一点,冬天每次从学校回家,鞋里全是水,进屋之前,得把水倒在屋檐外,打赤脚进门,冬天的泥地,冰冰凉,湿脚踏在上面,'啪啪啪'。"我一边说一边自己跺了几脚,跟着笑出来:"现在听上去觉得很有趣,但其实自己一辈子都记得脚心发凉的滋味。一直凉到心里去,好半天,都暖不过来。"说完这些,我转身对着他,看着他的眼睛说,"你听我说,对于生活,我真的没有太多的要求,饿的时候有口饭吃,刮风下雨有个地方可以躲起来。我最大的希望就是从今以后,我们永远都不要再分开。可以互相照顾,互相陪伴,平平安安,直到死。"

他听我说完这些,什么也没说,而是温柔地将我抱起来,一直抱到床上,温柔地吻住了我。我从没感受过如此温柔的他,也从没听过他用如此谦卑的语气对我说过话,一记长吻后,他在我耳边说道:"马小羊大人,你今天说的,我都记住了。"

我们没有再睡。

6点半,他已经收拾妥当,行李不多,他执意不肯让我送他去机场,反而打算让出租车先绕道送我回家。

雨还在下,好在我包里常备有一把小伞。在他退房的时候,我往酒店大堂处走过去,就在这时,我又惊讶地看见了洛丢丢,她就靠在沙发的那一头,已经睡着了,衣服、头发,都是半湿的,面上飞着两朵看上去有些诡异的红云。脚上竟还是那双鞋,只是已经看不出是LV,鞋帮上全是泥浆。

她穿成这样也能混到酒店大堂里来,真是本领通天。和我第一次见她相比,她也真是一次比一次落魄。

我走过去推醒她。她睁开眼,睡眼惺忪地看着我,一下从沙发上跳将起来,喊了句:"我的亲娘啊!"

我被她吓到,退了一小步才站稳。

"北京城太小了,我们竟然又见面了,哈哈。"她从不可思议恢复到兴高采烈,又一屁股坐在沙发上。

我才不信这个世界上有如此巧的事。

想到一定是被她跟踪,我心里头多多少少有些不舒服。

"姐姐你借我点钱吧,买个感冒药。"洛丢丢忽然咳嗽起来,"我淋雨淋得快挂掉了,不信你摸一摸。"

开口闭口就是借钱,她一面说身子还一面靠过来,我的手指碰到她的脸颊,果然是烫的,难怪脸上红成那样。

毒药办完手续走过来,看到洛丢丢,也吓一跳,拉我一把说:"走吧。"

"你去机场吧。"我低声对毒药说,"我得把这丫头送回家,不然她三天两头这样跟着我,我可吃不消。"

"到底什么人?"他问。

"90后脑残少女!"我说。

"好吧。"他无奈地说,"那你自己小心点,我尽快回来。"

"嗯。"我说。

他不由分说搂我入怀,在我脸颊上匆匆一吻,我脸烧得跟洛丢丢一样红。

"帅哥哥,"洛丢丢快跑过来,高扬着一张印有酒店名字的便条纸和一只铅笔,一直冲到毒药面前说,"你就替我签个名吧,你是我见过的最帅的男人,而我就是你最最铁杆的粉丝——从今天起!"

毒药看看我,指指她的头,再指指自己的头,然后跟我挥挥手,拦了辆出租走掉了。

"他刚才那个手势的意思是——我脑子有毛病?"洛丢丢依旧拿着那张纸,看着远去的出租车,向我提问。

"走吧。"我说,"我送你回家。"

"不过他也没说错啊,"洛丢丢自问自答,"我一般遇到帅哥哥的时候,智商都等于零。哦不,是零下30!"

(26)

不知道是烧得架不住了还是真的像她所说遇到帅哥就没了主意，总之从上了出租车，报出家里的地址后，洛丢丢就一直听话地靠在我身上打盹，不再胡说八道。

她的衣服是半湿的，散发着要命的潮气。她的脑袋搁在我肩上，很沉很重。而且她家真的太远了，我们的车子开了将近一个小时，在我担心就要直接开到河北去的时候，一个漂亮的别墅区这才出现在我眼前。谢天谢地，这一回她没有骗我。不然我身上的钱，估计都不够打车回市区的。

门口的保安穿着制服，站在小亭子里，堪比蜡像。来往车辆均需刷卡才能进出，我拍醒洛丢丢，她摇下车窗，冷冷地看了保安一眼。保安显然认识她，从亭子上慌慌张张地下来，替她打开方便之门，还招呼她："洛小姐，春节愉快！"

也许是因为天色尚早，这个看上去一花一草都很名贵的小区几乎看不到什么人影，大过年的，也看不到一点喜气，连家家户户门上的春联都看不到，怪事了，难道有钱人都不过年吗？

洛丢丢指挥着车子在小区里绕来绕去，终于在一幢楼房前停了下来。

我付了一百二十多块的打车费，把她拉下了车。

"你知道我昨晚为啥不回家了吧，你给我一百块不够，司机把我扔半路上，我搞不好就被狼吃了。"

这是她一惯的作风，说什么都振振有辞，听上去反倒是我的错！

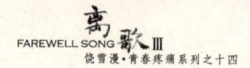

我拉着她往大门边走去，正要伸手按门铃，她一把拉住我，神秘兮兮地说："等等，你说我妈会不会死在里面了？"

我浑身都起了鸡皮疙瘩，骂她说："有病！"

"没错，是有病！"她笑嘻嘻地抓我的手去碰她的额头，"这不，还烧着么！"

我按响了门铃，等人来开门的时候，洛丢丢忽然又说："我答应你回家，你也得答应我一件事。把那个帅哥的手机号码给我，OK？公平竞争嘛，别说你怕了。"

"想都别想。"我说。

等了好一会儿，没人来开门。我正犯愁，洛丢丢从牛仔裤的屁股口袋里掏出一把钥匙来，塞进了锁孔里。

早说有钥匙嘛，她才真是如假包换的欠扁找抽型！

门推开来，呈现在我眼前的豪宅让我惊呆了。我完全没想过外表这么富丽堂皇的房子里头可以脏乱成这样——到处都是打包好的垃圾，黑色的白色的塑料袋堆在墙角，可以看到空气里浮动的灰尘，整个家仿佛被层层的灰尘包裹起来。透过灰尘，我很快找到了吴媚媚，她穿着一件单薄的浴衣，躺在一块勉强可以称作是白色的羊毛毯上，用胳膊支撑着半个身子抬起，懒懒地喊了声："谁？"

她是那样的漫不经心，就算家里来了贼，好像她也可以很自然地跟她打个招呼然后继续睡着一样。

我注意到，她面前还开着一包家庭装的超大包薯片，巨大的电视机屏幕上放着狗血的韩剧，只是没有声音，散乱的面纸显示她对剧情的全情投入和依赖。

我从未见过一个中年人，多愁善感缺乏自控力到如此地步。我猜她一定是疯了。

"还好，活着。"洛丢丢在我身后无奈地说。

"丢丢！"吴媚媚这时才辨认出站在我身边的那个人是洛丢丢。她忽然"哇"的一声哭了，从地上爬起来，拖鞋都没穿，光着脚，一直冲到我身后，用力地拥抱了她："丢丢！你到哪里去了！哎呀，你终于回来了，妈妈到处在找你你知道不，再找不到你，妈妈就真的要死了！"

Farewell song Ⅲ 离歌

出乎我意料之外，刚才还在笑嘻嘻的洛丢丢此刻竟然也哭了，她抱住她妈，拼命嚎啕，哭声惊天动地。她们像两个阔别已久的落难姐妹一样抱头痛哭。我实在受不了这种场面，别过头去，尽量不看她们。事实上，她们也确实忽略了我的存在。不知道为什么，看着她们互相替对方抹眼泪的情景，我忽然就想起那年，我离家出走回来林果果坐在地上撕我衣服的那一幕，心都快碎了。

真奇怪，为什么有些情感，在穿越了时间空间以后，却依然具有一模一样的杀伤力？

好不容易情绪稳定，母女俩分开来，吴媚媚这才顾得上我，连声对我说："谢谢你，马律师，谢谢你把丢丢送回来。"

"举手之劳。"我说，"没什么事，我先走了。"

"等等！"吴媚媚忽然慌慌拉住我，"等我去换件衣服，我带你们出去吃饭，丢丢你一定也饿了吧，瞧你，瘦成这样，在外面都吃了些什么啊！"

"她在发烧，昨晚淋了雨。"我说，"你让她好好休息。"

"发烧？"吴媚媚然摸摸洛丢丢的额角，显然没了主意，"怎么会发烧，等等，我得找找，不过家里好像没有退烧药！马律师，你说要不要到医院去挂水啊？"

她真是毫无主张，抓住谁谁就是救命稻草。

"不要！"回答的人是洛丢丢，她一头倒到沙发上说，"我要睡了，醒了后，我要吃麦当劳。汉堡，两个！"

"你还是去洗个澡换个衣服吧。"我走到她身边说，"不然感冒会加重的。"

"我想死！"她在沙发上把自己拉直了大喊，"我活腻了，我他妈早就活腻了！"

"好了。"我推她，"乖，去洗澡。"

"姐姐你别走！"她声音里含着乞求，"我不想眼睛睁开看不到你。"

"那你听话，先去洗澡。"我说。

她从沙发上一跃而起，拉着我说："来嘛，姐姐，陪我上楼，来参观一下我的房间。求你了。"

"马律师,你就陪陪她吧。"吴媚媚也求我,"你看,我得去小区外面的药店给她买点药,再买点吃的东西回来,丢丢一个人在家我也不放心,等我回来你再走好不好?"

"别理她,我们走!"就这样,我被洛丢丢一路拉扯着上了二楼,与一楼的脏乱相比,二楼无疑是天堂。洛丢丢的房间奇大,床柔软舒适,放眼看去,女孩子喜欢的东西一应俱全,还有个很大的露台。我想,十个人中至少有九个半都不会理解她为什么不愿意呆在这里享清福而宁愿屡屡上演离家出走的把戏吧。

或者,就是精神上的某种极度不满足吧。

"姐姐。"洛丢丢神神秘秘地看看门外,小心地把门关好,从里面锁好,这才按我到椅子上坐下,压低声音对我说,"我有重要的东西要交给你。"

"什么?"我问。

她趴到床下,扒拉了半天,扒拉出来一个盒子,她打开盒子,从里面再扒拉出一个布袋子,布袋子解开来,最终拿出来一个U盘。

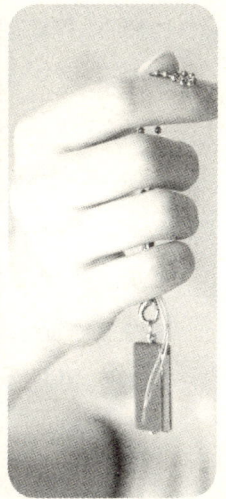

她举着U盘,像举着什么贵重物品来到我身边,将它塞到我手里说:"姐姐,这个你一定要收好。记住,如果我或者我妈有一天遇到什么不测,你就把它交给警方。或者,用它去换很多很多的钱!"

她又在玩什么把戏!

"一定要收好。"她说,"拜托了。"

在她的一再要求下,我将信将疑地将U盘放进了我包的内口袋里。

"姐姐你等我哈,我冲冲就出来。"她当着我的面脱掉了外衣,奔进浴室,从背影看,她真是瘦得不可开交,像一棵发育不良的番茄苗。

"感冒了还是泡一下比较好。"我说。

她甩给我一个飞吻,进去了。

"姐姐!"她在卫生间大喊,"你没走吧?"

"没。"我大声应她。

"姐姐,"她说,"你都不喜欢我,为什么要给我一百块?"

我没回答她。我眼光正看到床头,那里放着洛丢丢和吴媚媚的照片,母女俩笑得真甜,那时候的洛丢丢,应该才十岁左右吧,长头发梳成两股辫,打扮得仿佛美少女战士水冰月的样子,发饰还是HELLO KITTY的,看来她从小就是摩登女郎。她终于不再乱喊,卫生间里只传来哗啦啦的水声,我有点无聊,随手翻起洛丢丢放在床头的一本书,那是一本日本的漫画书,书上被她用红笔做了很多的记号,写着怪吓人的字:杀,杀无赦!拿命来!灭你全家!同归于尽等等。

真不明白她小小年纪,到底跟谁有如此深仇大恨!

洛丢丢洗完澡出来,吃了吴媚媚给她买的药,很快就沉沉地睡去。我和吴媚媚下楼来,发现她已经将楼下收拾过一番。正午的阳光倾泻下来,照在真皮沙发上。我忽然想起昨晚他跟我提起的所谓"别墅",说起来实不实现真不重要,因为光是承诺就足够让我感受幸福的重量。

吴媚媚坚持要送我回家,换了一身行头的她看上去精神了许多。不知为何,我不敢多看她那张精致的脸,因为实在是美得不可形容。

"我自己回去就好,"我说,"你在家陪着丢丢好了。"

"她不睡上一天不会醒的。"吴媚媚说,"每次离家出走回来,都是这样。你就让我送送你,我心里也好受些。"

我没再拒绝她。

回去的路上,吴媚媚一面开车一边对我说:"冒昧地问一下,你在方律师那里做,多少钱一个月?"

"我还是实习生,没什么钱的。"我说,"不过下学期我就算是去那里正式上班了,方律师人好,应该不会亏待我。"

她说:"我看丢丢很喜欢你。如果你愿意的话,可以来替丢丢做家教,我可以付你高薪,包吃包住,一个月3万块,你看如何?"

3万?我耳鸣!

"就是需要天天陪着她。"吴媚媚说,"别的工作就做不了啦。不过只要丢丢上了正道,我可以再替你找份好工作。"

"还是不要了。"我说,"我不是很有耐心那种人。"

最重要的是,我其实并不太相信那种天上掉陷饼的事。只有真正付出努力,才有实实在在的回报,这是阿南从小就教会我的理念。

"马律师不再考虑一下么?"她一边开车,一边摸出一根细长的摩尔烟,点上。又把烟盒伸给我:"来一根?"

我摆手拒绝,低头看到她露出的一截手腕,卡地亚手表。没有三十万买不来。

只是我并不羡慕她。

"谢谢你的信任。"我说,"不过我还是希望,可以做个好律师。"

她看看我,叹息说:"丢丢有你十分之一,我就满意了。"

"她还小。"我说,"来日方长。"

她听我这么说,无端端就要掉下泪来,似心中有万千悲伤,不知道找谁诉说。我递给她面巾纸,她跟我说谢谢,我不敢随便说话,生怕再触动她什么伤心之处。

像她这样的女人，实在是天生娇宠的命，若不是摊到这样的一个女儿，应该没什么烦心事可言吧。

那天我回到家里，已经快中午一点了，正要开门，就听到夏花在里面的大喊大叫声："你这么在意，那我们分手好啦，我们分开了，你就再也不用痛苦了！"

看来，他们吵架了。

我还正在犹豫要不要进去的时候，夏花已经拉开门，身后拖着一个行李箱，她泪眼朦胧地看我一眼，就头也不回地往电梯口那里跑去了。

(27)

那是我目睹的，夏花和阿南的唯一一次吵架。

还好，后果不是很严重。事实上，那天夏花还没下电梯，就已经被我和阿南合力拉回。他们很快回到房间去和谈，留下我一个人在客厅里坐立难安。

不用讲，他们争吵的原因，一定是因为我昨晚彻夜不归。只要我和毒药在一起，阿南心中的那道坎就过不去。

没有人比我更了解他。

好不容易阿南出来了，我正要说点啥，他用手势制止了我，对我说："你休息一下，我到楼下走走。"

很明显，他不想和我面对面交流这个尴尬的问题。

那天夏花一直在她房间里呆着，没出来。阿南散步回来做了晚饭，也是送到她房间给她吃的。我觉得自己就像一个罪人，只是不知道自己到底犯的是哪桩罪。我默默地吃完饭洗完碗筷回到自己房间，第一件事就是给他打电话，我有满腹委屈以及满腔思念想对他倾诉，但是，他居然没有接我的电话。

我坐在床上，万念俱灰。

差不多夜里12点，他的电话才回过来，我赌气，也没接他的。还学他把电话开到静音，用枕头把头蒙住，下定决心不理他。没过一会儿，屋外响起敲门声，我起身开门，是穿着睡衣的夏花，拿着她的手机对我说："找你。"

算他狠!

我接过电话,她也跟着我进了屋,并顺手把门带上了。

我对着电话刚"喂"了一声,那边已经传来暴喝:"不接电话干吗?"

"刚才洗澡了,我一会儿用自己电话回你。"我可不想当着夏花跟他吵。

"等你三分钟,不然就永远都不要再打来!"他说完这句,电话"腾"挂掉了。火气还真是不小。

我把电话递回给夏花,她笑着说:"他真急了,你要再不理他,我看他又要直接飞回北京来了。"

"你们没事了吧?"我指指外面,轻声问。

"没事。"夏花故作轻松说,"两口子嘛,吵吵是正常的。你爸也是,一天到晚不是叫我吃这个就是叫我吃那个,我也知道他是为我好,但我真吃不下,烦都给他烦死!"

既然她有心瞒我,我也不想拆穿她。

"过两天我就搬回学校去住了,我要回律师事务所上班,那里比较近,再说我在学校也住得习惯。走了你们可别再吵,不然连个劝架的都没有。"

"哦。"夏花说,"没事,我们自己吵自己劝,也是乐趣。"

她说完,笑着拉上门出去了。

等夏花出去了,我这才缩到被窝里和他通电话。算他识相,语气软下来不少,还主动解释说:"一下飞机就忙到现在,手机关的静音,没听到你电话,对不起。"

"是不方便吧。"我闷声闷气地说。

"又在找抽了。"他威胁我说,"你给我听好了,以后你要敢再不接我电话,我就永远消失,让你一辈子都找不到我!"

"我也可以消失,让你一辈子也找不到我!"我哼哼。

"谁愿意找你。"他说,"得瑟!"

"是你说的哦,"我说,"我试试看!"

"你要干什么？"他开始紧张。

我总算赢回一局，哈哈大笑。

那天的电话一直通到早上5点，整整5个小时，手机早打到没电，只能插着充电器讲下去。其实也没说啥，但就是想聊下去，舍不得挂断。隔着遥远的距离，我觉得我们都有点慌，好像对方随时都会消失在空气里，再也抓不着彼此。

直到挂电话的时候我才发现手机里有一条洛丢丢发来的未读短信：

"他让我家破，我让他花落人亡两不知！！！！！！！"无数个叹号，不知道她是不是又在夜店喝高了。打完电话的我累得很快睡着，忘记了回复。

没过两天就开学了，我搬回了学校住，也恢复了去方律师的事务所上班。那些日子真的是超忙，工作、学习、毕业论文，加之对他的思念，折磨得我又瘦了一大圈。

方律师很重用我，重要的案子都带着我。我也开始能拿到固定的薪水，虽然不高，但比起很多还在拼命找工作的同学来讲，我已经足够幸运。唯一遗憾的是他来北京的日子一拖再拖，阿吉的那个店，据说转手也办得不是很顺利。

面对电话那边多少有些急躁的他，我只能安慰他慢慢来。

五月中的一个周末，我忽然接到颜舒舒的电话，约我去喝下午茶。

她有车，所以迁就我，我们约在离我学校较近的一家咖啡屋。几个月不见，她已经俨然混成时尚女妖精，在室内戴着墨镜照样备感自如，脚蹬一双时下最流行的罗马凉鞋，绑带缠到脚踝以上的部位，鞋跟至少有十厘米，碎花短连身裙下露出晒得有些黝黑的小腿，再加上整个人瘦得只剩下一把骨头，耸着肩膀，像等着街拍的女明星。

同她相比，我则完全是土鳖一个。

"别告诉我你今天过来就是为了炫身材。"我打趣她。

"当然不是！"她坐直，终于舍得摘掉她的墨镜，闪亮亮的眼线像长了翅膀似的，飞得我两眼发花。

"好，我要宣布了，你不要笑。"她说。

"不笑。"我一边说已经一边笑起来。

她从随身携带的手包里掏出一张小小的粉红色贺卡,郑重地推到我面前,上面写着四个亮闪闪的大字——婚礼请柬。

啊!结婚!

她拖长声音说:"快——祝我新婚快乐!"

我迅速翻开请柬,她没开玩笑,上面真的写的是她的名字:颜舒舒小姐,孟和先生新婚志喜,欢迎马卓小姐拨冗光临。我的天!

"马卓。"在我还盯着请柬完全没回过味来的时候,她推开茶杯站起身来,坐到我这一边。刚坐下,她就忽然地伸长手臂,抱住了我。

在她花香型的香水包围下,我有些鼻酸。最近不知道是不是在热恋的原因,我愈发多愁善感,越是喜事,越是唏嘘不已,好像年少时被我按捺的感动神经被刺激了一下,忽然就变得特别发达。

颜舒舒趴在我肩膀上,用嗡嗡的声音说:"替我高兴不?"

"高兴的。"我老实回答。

"除了家里人,你还是第一个知道的,我也知道有点'闪了',但这么多年,忽然遇到一个让自己还算心动的,人家又追得紧,就不想放手了。"

我问她:"他好不好?"

"对我好那是没话说。我要干嘛就干嘛,在家里煮饭烧菜做卫生他一把罩。我带他回老家,连我妈那个挑剔婆对他也满意得很。"

"那挺好。"我真为她高兴。

"好是好,还是觉得好像少了什么一样。"她伸长胳膊说,"我最近老想回到高中,在同学之间偷偷摸摸地卖点小玩艺,挣点小钱偷着乐,要不就是和我妈吵架,或者和肖哲打架斗嘴,做我的标准傻大姐。但是那些日子毕竟回不来了呀,马卓,我们都要向前看的,是不是?"说完,她掏出手机来,给我看那个叫"孟和"的人的照片,说实话,长相很普通的一个人,微胖,笑起来像憨厚的"多啦A梦"。

"他家是卖皮装的。"她撇撇嘴,说,"马卓你结婚的时候最好选冬天,我送

你十件皮衣，保证件件质量好，有面子！"

"不结婚也得送！"我说，"这可跑不了。"

"送送送。"说罢，这个傻丫头忽然靠在我的肩膀上哭了，一边哭一边说，"马卓，伴娘我找别人了哦，主要是觉得我没你好看，如果你是伴娘，我会有压力……"

什么话啊，不过我没哄她，因为我觉得这哭声里，更多的是对幸福的宣告和太过靠近幸福的忐忑吧。

"马卓，"她呜咽着说，"你要赶紧谈恋爱结婚啊，要不然以后我的女儿比你的儿子大好多岁，不般配了哦。"

她想得可真是够远的！

"好啦，"我哄她说，"不要哭了，新娘子要保持漂亮才行，眼睛哭肿了可不好看。"

"不哭了！"她抹掉眼泪对我宣布，"还有件事，肖哲快出国了，你知道吗？"

出国？！

"他本来是放弃了的，在北京单位都找好了。但上星期他突然跟我说那边的导师有一个很大的项目要开始了，很希望他能早些过去帮忙，还特地为他保留了名额申请了奖学金，连签证都很快办下来了。"

"哦，这样。"

"我就彻底断了念头了。"颜舒舒飞快地说，"有些人拼了命也够不上，累都累死了。何况，孟和追我快一年了，家里什么都替我准备好了，我没理由再拒绝了。"

我拍着她的背，竟说不出一句话来。

就算心中疑问再大，我也实在问不出口，是不是因为肖哲出国，才是她"闪婚"的真正原因？

我宁愿相信，她真是找到了属于自己的那一半，所以才放心交出自己，告别从

前的那个她，勇敢过全新的生活的吧。

那天她未婚夫来接她，她在咖啡屋门口转身，挽着孟和的手上了车，那辆红色的小跑车子渐渐远离我的视线，她淡淡的香水味还留在我身上，我忽然想起她第一次和我拥抱，那是在高中，某一次我曾替她解围之后。那时的我是多么不习惯与别人的肢体接触，但她紧紧的拥抱几乎要将我内心隐藏的冰冻融化。我也还记得，那一次在雪地里，她坚定地握着我的手，对我说："马卓，我们是朋友，我绝不会丢下你的。"不管过去了多久，年少的友情，都像那盏为你等门的灯，永远暖暖地照在心头。

我是真心祝她幸福，在丢失了曾经以为一定会深爱一辈子的爱人后，我亦相信她一定会幸福——在人生的另一段旅程，在与另一个人一生相守的漫长的未来里。

(28)

颜舒舒的婚礼那天,我跟方律师告了假。

他很爽快地准我的假,还开我玩笑说:"你也快点找个有钱人,早点嫁了,不用这么辛苦上班。"

我只是微笑,也许是因为佩服,我对他,始终有敬畏。而他对我的信任和提携,更是我努力工作的动力之一。不是每个人都有这么好的机会,我懂得珍惜和感恩,所以愿意以加倍地努力来回报他。

我本来是想带毒药去出席颜舒舒的婚礼,也给她一个大大的"惊讶",可惜他说要去香港办点事,实在是抽不开身来北京,只能作罢。

我们高中班上的大多数同学今年才大学毕业,所以,颜舒舒绝对属于早婚那一批。孟和老家在浙江,家底殷实,算得上是富二代,颜舒舒的婚纱、钻戒,全都是一流的。他们结婚以后决定安家北京,买了一套两百平左右复式房,装修得也是像模像样,让人除了咂舌羡慕没别的可说的了。

虽然不是伴娘,但是我还是去得很早,陪她化妆、聊天,替她拎包、接待,全程感受她的幸福。晚宴安排在一家五星级酒店,宾朋不多,一共只六桌。因为孟和坚持要在颜舒舒老家再办一场,所以在场除了少量亲友,就是孟和的一些朋友。但奇怪的是,一直到晚宴就要开始,我都没见到肖哲的踪影。

难道是颜舒舒没请他?

她的大喜之日，我也不敢乱问话。大约晚上五点半，颜舒舒突然拉我到角落说："马卓，我要跟你说一件事。肖哲他今晚八点半的飞机，去美国。"

啊！

"他死都不让我告诉你，我也一直犹豫着。但我们同学一场，现在我也脱不了身，我想，还是你帮我去送送他吧，好不好？"

颜舒舒说完。从自己的包里掏出一个小玉佛说："这是高二那年我过生日，他送我的礼物。我那时候正走霉运，他说它可以保佑我。现在，我有老公保护了，用不着它了，你替我还给他，让他在国外一定要好好保重，好好照顾自己，别动不动又犯呆气。还有，千万别找外国妞，个头大，力气大，他打不过。"

说着这些，她眼底已经冒起了雾气。

"舒舒！"孟和在那边喊她，"你过来一下。"

"你快去吧！"颜舒舒深吸一口气，推我一把，"再晚，就来不及送他了！"

我拿着玉佛，急急忙忙跑到酒店外面，打车赶往机场。冲进送机大厅，我喘着气找了好久才看到肖哲。他背着个大背包，正和一堆亲友说话，看样子心情还不错。他头发剪短了，大大的黑色T恤上印着烫金的大字"I AM SUPER MAN"，一如从前。

我站在角落给他打电话，还好他没关机，很快接了，明知故问："马卓？"

"今天颜舒舒结婚呢。"我说。

"嗯。"他说，"我知道，送了礼金的，她就喜欢钱嘛。"

"我在机场。"我说。

他急忙抬头，四下张望，我朝着他的方向走近，人群来来往往的机场，我们的目光终于对接。

"你怎么来了？"他举着电话跑到我面前问，很是吃惊。

"你要走，怎么也不说一声。"我责怪他。

"怕你哭嘛。"他摸摸后脑勺，眼神有些闪躲，好像不敢看我。

"保重。"我实在不知道说什么好，好不容易吐出这两个字。颜舒舒交待我说的那些话全都被抛在了脑后。

"谢谢。"他低下头看了一眼自己的手表,夸张地一耸肩一呼气,说,"马卓同学,谢谢你来送我。时间差不多了,我要上飞机了。"

为了缓和气氛,我指着他衣服上的字笑了笑。

他捏着拳头,对着自己的左胸用力敲了敲,又对我翘起大拇指。

这个意思我明白:我是超人,我可以的。

我掏出颜舒舒的那个小玉佛,塞到他手里。对他说:"颜舒舒叫我给你的,她希望它能保佑你,在国外平平安安。"

"她这个人就爱瞎操心,"他指着胸口的小金佛说,"何况我有这个呢。"

我盯着那个小金佛,有一瞬失了神。正是这个小金佛,改变了我和毒药两个人一生的命运。当然,对肖哲而言,这会是一个永远的秘密。

那天,我一直送他到入关口。

"回去吧,马卓!"他站在入口处,对我露出了久违的微笑。

看着他的朋友亲人都轮流上去与他拥抱,我最后也不由地走上前去,抱了抱他。他的手臂小心翼翼地揽住我散在背上的发,我能感觉到他在微微发抖,像一颗充满能量的星星,陨落人间时那样微微地颤抖着。我只希望能像颜舒舒给我的第一个拥抱那样,抱着他,把我内心所有的温暖和祝福都传达给他,希望他有朝一日可以原谅我们的曾经。

短暂的拥抱之后,他背着他的包,拎起他随身的小行李箱,往安检口慢慢走去,我止住脚步默默地看他渐渐走远。突然,他又猛然转身,朝我大力挥手,一面挥一面大声吼道:"马卓,我不会放弃的!永远都不会放弃!相信我!"

"马卓,我不会放弃的,永远都不会放弃,相信我!"

他喊得那样大声,像用尽全身的力气,完全不顾周围人的目光。世界在那一刻静止了。仿佛整个偌大的机场,都只回荡着他傻里傻气的誓言。我远远地望着他,泪水止不住地漫上眼眶。不管时间过去多久,对我来说,他永远还是那个体育课上被淘气的同学灌了满头沙从不还手的少年,亦是我生命里那段纯洁明亮的时光里不

知疲倦的刻录机。直到很久以后，每当我再想起那一天，我仍相信那一刻我是在凝望全世界最纯粹也最寂寞的一种情感。那是对一颗星的执着，永远没有尽头。

那一夜，我心里止不住地感慨，坐在宿舍阳台望着浓墨般的夜色，又跟毒药通了很长时间的电话。

"我也给你最豪华的婚礼。"他逗我开心，"咱把天安门包下来好好办一场！"

"那是阅兵！"我说。

"我是首长，你是兵，我好好阅你！"他哈哈笑。

我很想问他何时能来北京，但忍住了。他是大男子主义，生意上的事，他从不愿意与我多说，但是我知道一定很麻烦很复杂，不过我相信他能顺利解决，只是时间问题。

我已经等了那么多年，不在乎再多等些时日。

"我一直记得你说的，从今以后，我们永远都不要再分开。可以互相照顾，互相陪伴，平平安安，直到死。"他说，"这话太他妈有哲理了。"

"那你愿意吗？"我矫情地问他。

"看你表现！"他臭屁地答。

那天挂了电话回房间就睡着了，醒来看到他的短信：

"宝贝，我正想你想得睡不着，你如果没睡，立即回老公。要是睡着了，你就是小猪！"

一大清早看到这样的短信真让人甜蜜得脸红。但我还是抓紧等公车的时间，沉浸到意境中，给他回复了一条短信："小猪老婆睡醒了，小猪老公还在睡！"因为编辑短信太投入，差点撞上迎面而来的公交车。这种低级错误，还真是人生头一桩。

我从来都不知道居然有一天，我俩也会变成这种腻腻歪歪的人。

"甜蜜短信"害得我上班差点迟到，当我赶到事务所，一进门就感到事务所的气氛不对。大家都在窃窃私语，没几个人在安心工作。我的办公室在方律师办公室的外间，只有一个薄薄的木制隔栏将一个大办公室分成里外两间，因此里间的谈话我听得一清二楚。

"我只是处理过她女儿的一个案子，我们不是很熟。"方律师说，"她那女儿经常离家出走，所以也不太好找。不过有消息，我会第一个通知你们。"

他们走后我借机送文件进去，问方律师："怎么了？"

他说："洛丢丢的妈妈涉嫌诈骗，被抓起来了。"

我当场呆在那里，怎么会！

"我出去一下。"方律师也好像显得心神不宁，很快就拿起包出了办公室。我坐在那里，前思后想，还是不明白到底是什么情况，打洛丢丢的电话，是短信呼。忽然间，我想起了什么，找到我的包，飞快地拿出那个被我遗忘已久的U盘，插到电脑上，打开了它。

U盘里装的，是一个视频，应该是偷拍的，画面模糊不清，且少儿不宜。但把我惊到的并不是视频的内容，而是视频中的两个人：吴媚媚和方律师。

他们居然在一起！

而更让我想不到的是，视频里的方律师和平时的那个他完全不一样，像恶魔更像野兽，限制级的画面看得我面红耳赤，只能"啪"一声盖上了电脑！

好几分钟，我脑海里一片空白。

不用说，偷拍的人，一定就是洛丢丢！她这么做是为了什么？我脑海中突然跳出方律师跟警察说的那句话："我们不是很熟！"暗自认定此事绝非我想象的那么简单。

终于冷静下来后，我做的第一件事是把视频做好备份，上传到我的网络邮箱。我正思考着要不要跟方律师谈一谈且如何谈的时候，电话响了，是洛丢丢回给我，她声音颤抖地说："你能保证我绝对安全，我就见你。"

我打车，在阿吉的茶楼不远处接到她。她蹲在那里，卫衣帽子半罩着头，像个女特务。见了我，抱住我，带着哭腔扑上来问说："姐姐，我妈会不会死？"

我没好气："她死了你不正好，没人管！"

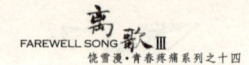

她说:"姐姐我知道你是好人,你要帮我。"

"我可以帮你,"我说,"但条件是你必须得说实话。"

她用力地点了点头。

为了确保她的安全,那天我带她去了阿南和夏花的新家,阿南带夏花去医院复查了,不在家。洛丢丢心神不宁,在屋子里不停地晃来晃去,一再问我:"姓方的不知道我在这里吧?姓方的不知道我在这里吧?如果知道,我就没命了。"

"为什么那么怕他?"我问。

"他很坏的!我从没见过他那么贪得无厌的人,他总是教唆我妈去干坏事,我妈要是敢不从,他就拿我威胁我妈,说什么要送我进监狱,关我几十年,等我出来的时候,都是老太婆了,他还说他哪里都有人,我们斗不过他的。"

"你忘了这个世界上有法律吗?"

"他说过,他是律师,他就是法律!"她激动地说,"他知道我对他不满,就到处找人绑架我,想逼我妈拿钱出来。结果被你撞上,怕出事他们只能放了我。还有,他还骗我妈把我送到行走学校去,说在里面呆一年出来,我保证乖乖的什么坏事都不会做。要不是老娘机灵,晓得那个电闸在哪里,等晚上断了电再爬围墙逃命出来,现在我肯定已经挂掉了。"她说着,撸起她那件卫衣,给我展示她背上的伤口。

"全部是教官打的。狗屁学校,就是渣滓洞!我妈还相信他,认为我从那里出来,就会脱胎换骨,屁!我宁愿当啤酒妹,也不愿意死得不明不白!"她恶狠狠地说完,又低下头去沉默了许久,突然跳下床对我跪下,也不说话,只是哭,我拼命把她从地上拎起来,她这才哭着喊:"姐姐,救我,救我妈妈,都是我惹的祸,她都是为了我……"

"你冷静点。"我拍着她的背说,"把你知道的都告诉我。"

"那个垃圾喜欢赌钱,有空就拖我妈去澳门赌钱,输了就想尽办法到处弄钱,还让我妈给他洗黑钱,具体的事情我不清楚,反正利用他是律师,敲诈,勒索,恐吓,他什么都干!"

"你有证据吗?"我问,"再说你妈妈为什么会这么相信他?"

"因为他是律师啊,其实,我妈和他是大学的初恋情人,前几年我爸和我妈离婚的时候他们又该死地重逢了,他替我妈搞到一大半财产。我猜他那个时候就开始算计我妈了。你绝对想不到我妈那个死脑筋是怎么想的——'也许这些钱本来就是菩萨给她的'。我靠!还要什么证据,你没发现吗,他整张脸就写着一个'贱'字!"

"后来呢?"我说,"那些视频你怎么弄来的?"

"他骗钱不够还骗色……当然啦,我第一次看到我妈身上那些伤就明白了,他根本就不是人,是个变态,晓得不!他不喜欢我住在家里,所以就变着法子赶我走。我才没那么傻,趁他们不注意,在他们房间里安了一个针孔摄像头。"说完,她又哭了,"我妈那么高贵的一个人,呜呜呜……"

我心疼地把洛丢丢搂在怀里。

那晚,我和洛丢丢挤在一张床上。我从未和一个女生睡在一张床上过,但这一次我并没有觉得不习惯。这个小小的女孩,她瘦弱的身体蜷缩着,是那么需要一个人的保护和温暖。但孩子到底是孩子,看我跟毒药发短信,马上就凑过来问我说:"跟谁发信息呢,帅哥哥?"

"不许看,快睡!"我把她推一边。

她骂骂咧咧的睡过去,不过一整晚都睡得很不安稳,一直说梦话,还踢被子。

我也差不多一夜没睡,因为有些事情,我也必须经过反复地思考。

第二天早晨7点,我给洛丢丢留了字条,交代她千万不要乱跑,然后我决定在上班前去见一见吴媚媚。

"马小姐,"吴媚媚一见到我就说,"我要有什么事,一定要替我照顾丢丢,付多少钱都可以。"

"如果钱能解决任何的事,"我没好气地说,"你怎么还会呆在这里?"

"我没事的。"她说,"我已经请了最好的律师。"

"为什么不请方律师?"我说,"他是你老朋友,也是最好的律师。"

"他忙。"她答得真是苍白。

"我知道你们的关系。"我低声说，"很多事也都是他指使你这么做的，事情败露了，他让你顶包，告诉你肯定不会出事，他会把你捞出来，是不是？"

她惊讶地看我。

"上天有眼，你保不住他的。到头来就是大家一起死，你就算不为自己想，也不为丢丢想一想？"

"你都知道什么？"她很惊讶。

"若要人不知，除非己莫为。"我说，"吴女士，我给你的建议是，千万不要去跟法律玩冒险的游戏，只有说真话，才能救你。我想，你也不希望丢丢最后连个家都没有，是不是？"

"马小姐。"她说，"如果我没记错的话，你现在在方律师的事务所打工？"

"是的。"我说。

"那你究竟为啥？"

我不回答，只是看着她。我希望她从我的眼神里，能读出答案。

"让我想想。"她终于很艰难地回答我。

见完吴媚媚，我立刻赶去事务所上班。不出我所料，方律师已经坐在办公室等我。他脸色铁青，似乎一夜未睡。

"早。"我说。

"早。"他开门见山，"洛丢丢在你那里？"

"是。"我说。

"你可别听她胡说八道！"方律师说，"你把她交给我，这件事我来处理。"

我从包里拿出U盘，递给他说："你是律师，我想你应该知道怎么做更好。"

说完这些，我走回外间自己的办公桌，收拾好我自己的东西，头也不回地离开了律师事务所。

5分钟后，我接到方律师的电话，他在电话里对我说："马卓，你有潜力成为最好的律师，你想过没有，如果我提携你，你至少可以少奋斗十年。"

"这是条件吗？"我问。

"算是吧。"他说，"你是聪明人，你也应该知道，我为她母女付出了多少，要不是我，洛丢丢早就关进大牢了。上次她下毒害我，我也没告发她，对不对？"

"很抱歉方律师，她们母女是法盲，可我不是。我不想为了所谓的前途，一辈子都活在内疚里。"

"如果十年以后你像我一样，也有一个脑瘫的儿子，你就会明白什么叫钱永远不嫌多。"他说，"你再考虑一下？"

语气竟和吴媚媚一模一样。

"你先回来，我们商量商量。"他并没放弃。

而我挂了电话。

周一早上的上班高峰还是照旧，但我走在人群里无所事事。

我又丢了工作，不过这一次我没有那么强烈的挫败感。而且就在此时我接到他的短信："在香港，看到一块手表，很适合你，买下来了。"

我回："贵不贵啊，没超过三十万不要啊。"

他回："那就连上我自己一起送呗。你还得退我好几十万呢。"

我站在大街上，笑得走不动。

瞧，即使我什么都没有了，至少我还有爱情，多么好。

也是那天，我第一次觉得，如果我这辈子真做不了律师了，兴许，做个茶楼的老板娘，也不是什么坏事。

(29)

　　北京飞深圳，需要3小时。

　　我坐的早班飞机，到达深圳也是中午。一张他意外落在北京又被我小心收起的茶社名片泄露了他在深圳的地址，所以，要找到他其实并不算难。意外的惊喜——我承认，我不擅长做这样的事。我甚至在机场的洗手间镜子前偷偷练了一下我们"巧遇"时我该有的表情，真是傻得可以。

　　我心中也是有犹豫的，他那么忙，刚从香港回来，据说还要谈好几笔生意。我去了会不会是他的负担？又或者我这样任性，他会不会喜欢？但我控制不了自己想飞去见他的念头。说来说去，万千理由都只有一个，那就是，我想他，真的想他了。

　　当我从方律师那里看到社会最肮脏的一个角落时，我只希望能够在只属于我们的小世界里暂时躲一躲。也许只有这样，我才能存储足够的勇气，继续打拼。

　　只是事情没有完全按照我的想象进行，当我推门进入那间茶社，一眼透过玻璃门看到晶晶的侧脸时，我已经替自己脸红，并且几乎就要落荒逃跑了。

　　我当然还记得那张脸。

　　那个仅仅因为吃醋，就开着车要把我和毒药活活撞死的女人。她现在就坐在茶社里，难道他们还没有分手？而更让我不安的是，就在晶晶的身旁，我居然看到了一个小姑娘。我不太会看小孩子的年龄，3岁，4岁，还是5岁？

我决定看个究竟,于是我没走,而是选择了径直走到茶社最里面的一张桌子前坐下,因为这里视线最佳,且有一盆大型盆栽的掩护,她几乎不能看到我。

午后,茶馆里的人不是很多,服务员也不知道哪里去了,所以,也没有人发现我的出现,更没有人来招呼我。

如此甚好,我可以慢慢观察。

我再次确认了她真的是晶晶,和那时叱咤风云的大姐大相比,现在的她看上去和一个平凡的母亲无异。没化妆,甚至戴着一副近视眼镜,头发自然垂落两肩,无刘海。半边脸任由阳光照着,还能看得清她鼻尖上淡淡的雀斑。但她坐在那里,一副女主人的不可被打败的姿态,无所谓快乐,也无所谓不快乐。

那孩子就这样大大咧咧地坐在桌子上。旁边放着袅袅热茶,她妈妈竟然安然无恙地读着报,丝毫不关心孩子会不会被不小心烫到。

过了会儿,孩子转过头来,我终于可以看到她——她盘着一个和她年龄不太相配的高高的发髻,穿一身绿色的连衣裙,手里捏着一个在她看来稍许显大的NDS游戏机,很老相的在玩弄着。孩子的鼻梁,几乎和他一模一样!不知为何,她滴溜溜转动的眼珠叫我想起我幼年唯一的伙伴也是唯一的仇家——蓝图。蓝图要比她大几岁吧,不过在我模糊的记忆看来,她们的影像竟然几可重叠。我心中震惊无比,想起那个女孩曾恶毒地对我放言:

"别以为人家不知道你是个私生女。"

她的表情、动作,至今依然印象深刻。其实这些年我真的偶尔会想起她,想起她的成都话以及那句毒辣的"林果果是个妓女"。那女孩的性格若一直不改,不知道今天会是什么样的命运,但和那些待我冷淡的路人相比,率性如她,早就得到了我的谅解。只是看到眼前这孩子的一瞬间,我竟然涌起一股报仇的冲动,想要将她从桌上推倒下去。

我被自己忽然涌起的邪念吓到了,那个被我驯养多年的内心野性的自己猛地抬了头,这是另一种血液,来自我的母亲,命中注定,我无法回避。

"妈妈,爸爸什么时候回来带我去吃麦当劳?"那孩子忽然放下手中的游戏机，跳到晶晶怀里，大声问道。

她搂住她，说："快了，耐心点。"

我知道我该走了。事不宜迟，否则就是我最不愿意看到的一幕——他们一家三口，其乐融融，羡煞旁人。

我站起身来刚准备逃，却没想到被服务员叫道："小姐，对不起才看见您——"

我一惊，目光竟不知不觉与她从不远处投射过来的目光相遇。我脸上表情一僵，赶紧低下头往门外迅速走去，还是能感到她的注视如针芒在背。我想她认出我来了，当然也许没有，因为我们从没面对面过，她对我的样子并不熟悉。但无论如何，我都像秘密被揭穿的小偷，或者说更像一个滑稽戏出纰漏的小丑一样，把包包抱紧在胸前，快步离开了茶社。

到了马路上，我开始奔跑，跑着跑着，我不得不想起童年的雅安，我苦命的奶奶，早逝的父母，狠心的小叔，还有一直没有断过的雅安的雨，我想起她接走我的那天，我们也便是这样的奔跑，我以为只要我迈开双腿，所有的悲伤就可以被抛在脑后，我的人生整个都会像新买的桌布一样崭新鲜艳。可是命运恼人，注定要让我成为孤儿，颠沛流离，无所依傍，背井离乡，任人欺骗！我跑到路口才停下，六月末的深圳有着这世界上最最毒辣的阳光，晒得我头皮发麻，我伸手一摸脸，才发现全是泪。

我在怕什么？我到底伤心什么？我不知道。

嫉妒、怀疑、仇恨……我积蓄所有的恶念，梳理全身的羽毛制成一把剑，最后戳中的只是我自己。

这场拖了这么久的命运之战，我已经选择成为一个落败者，因为它把我硬生生掐断的往事再次续接到我面前，逼我承认，我只是个孤儿。只是个孤儿而已。在这个铁一般确凿的事实面前，我没有力气将那把剑刺向一个孩子。

除了离去，我别无他法。

我没有告诉阿南我去过深圳的事，事实上，没有任何人知道。这一趟心碎致死

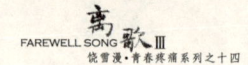

的旅程，只是一场属于我自己的孤独而残忍的独角戏，这辈子估计我都不会再告诉第二个人，包括他。

回到北京刚下飞机，他的电话就来了，很急地问我："你在哪里？"

"有事吗？"我的声音冷漠得我自己听着都不真实。

"你他妈关了几个小时的电话，"他愤怒地说，"你说我有事没事？"

"我很忙。"我说，"有什么事再说吧。"说完，我当机立断地挂了电话。

他再打来，我没再接。

电话没消停几分钟，又响了，我以为是他正准备关机，却看到是阿南——而等待着我的居然是更坏的消息：夏花病危。

等我赶到医院时，夏花已经挪到重症监护病房，阿南一个人坐在病房外。

我俯下身，在饮水机旁边接了一杯水，递给他。他摇摇头，继续回到监护室外面的长椅上，坐着。

"怎么回事？"

"上次复查情况就不好，但她不肯住院。早上我刚买完早点回来，在收拾桌子，就听到洗手间里'咚'的一声，进去一看发现她倒在马桶旁边。"

"医生怎么说？"我问。

"医生说这是停药太久的现象，"他说，"估计很早以前开始她每天早上洗澡的时候就把药冲进马桶里，谁都不晓得。"

"多早？"

"我盘算着应该是知道钱还回去以后。或者——"他说到这里，欲言又止。

抱歉的话，我们都无从说起，这一切只是因为，我们其实谁都没犯错。犯错的是命运吧，无端端把很多不甘不愿送到你面前，不管你能不能承受都得承受，多么悲哀！

我把头靠在阿南肩膀上，我们就这样在那个长椅上坐了一夜。他不知道这个夜晚对我来说有多漫长，因为除了夏花的病，我满心想的都是那个人，那个孩子，那个叫晶晶的女人……他们幸福愉快就够了，或许我可以告诉他夏花已经重症入院，但我现在真的不想跟他说一句话，也不管他发来的威胁短信："你要为你今天所做的一切付出应有的代价。"

我怕什么呢？

他真蠢，我一无所有了，我还怕什么呢？！

虽然从我认识他起，他就不停地欺骗我，但这次不同，那一幕，唤醒了我在记忆中沉睡的疼痛。他触碰到的，是连我都快忘记的雷区。就算我原谅他，我也没办法原谅我自己。而此时，阿南就坐在我身边，仰着头，闭着眼，他的痛苦和我的一样无边无际，我们谁也触碰不到谁的，只好这样互相依偎。

次日清晨，夏花醒来。阿南去找医生，我则留下来，坐在她身旁。

她的脸上又起了那样的红疹子，只是还处于萌芽阶段，两小颗，在左脸颊靠近颧骨的地方，不易觉察。

"让我照照镜子。"她说。

"有什么好照的？"我暴躁地说，"我又不是你，整天带着镜子，命都不要了要什么美！"

我发完脾气才惊觉自己的不应该，她却一点也不生气，忽然恶作剧似的从被子里掏出一面小小的镜子，显摆似的对我说："你怎么知道，我跟护士借了的。"

端详着镜子中的自己，我以为她会发火，结果她只是盯着镜子中的自己看了几秒，就迅速地把小镜子扣在枕头下面，对我说："马卓，再求你一件事。"

"说吧。"我的心软下来。好像一夜之间，她就削光了自己所有的棱角，看起来这样虚弱。

"我不想死在医院，太难看。"我去捂她的嘴，结果她还是说了出来，"你们都是白痴，我不傻，我不怕死的，因为人活多久都是天定的。我只想死在他怀里，美美地死去。"

"胡说八道！"我呵斥她，她嘻嘻笑。

阿南推门而入，脸上神色灰白，我已经明白了一大半。

"我们回家。"阿南说，"家里舒服。"

"回家喽。"夏花勾着阿南的脖子,荡着裸露的双脚,跟病房里其他病友打招呼:"我们天上见!"

幸好无人和她计较,只当她是个疯子吧。

回到家,阿南就叫我给毒药打个电话,让他赶紧来北京。我思考了半天,终于鼓足勇气决定打,他却没接我的电话,第二天,他竟然关机了,我给他发了短信,他也没回。对夏花的生死,他好像根本也无所谓。

我想起他以前曾经说过,如果我不接他的电话,他就会消失不见,让我永远也找不着他。又也许他大概从晶晶那里听说了我去深圳的事,连哄我都嫌费力气。既然他不提,我又有什么可质问的呢?我们两个人,就这样,一南一北,第一次如此默契地,没有一句争吵就进入了冷战状态。

而夏花的病在接下来的两天里算是真正进入危险期,病魔终于开始施展威力,我也算是见识到了这个病的厉害。

她变得一点也不能见光,阿南买回厚厚的遮光布,把她整个屋子都糊得密密实实,像个严丝合缝的纸盒子。接着是持续地发烧,吃下去的东西会吐出来,烧厉害了就满嘴胡话,偶尔醒着的时候,她只会说一句话。

"疼,阿南……"

她几乎没有办法说出什么完整的句子,也没有力气再说。不知道哪天飞进去一只苍蝇,叮在她脸上,她有感觉,但实在没力气驱赶,就呜呜的哭。

她再也不是那个无所畏惧天不怕地不怕的夏花,在疼痛面前,她无条件地缴械了。

疼得挨不过去的时候,阿南替她打止痛针。一天一针,有时候实在挨不过,就是两针。一天中只有打完针那两个小时,夏花是安静的,她熟睡,呼吸变得匀称,有时还会出一身汗。

那几天,阿南快把他一辈子的烟都抽完了。

因为她的屋子里太暗,我已经好久没有仔细察看过她的脸。那天,为她擦身的时候,一摸到她身上的骨头,我差点丢掉手上的毛巾。

"瘦了。"她感觉到我手的颤抖,嗫嚅着说。

我用热乎乎的毛巾擦她的肩膀、手臂,尽量避开那些深红色的皮肤,怕一沾到水它们就会化脓。

那段时间,北京的天气也是奇怪得很,每天都是没完没了的下雨,一点都不同往常时的天气。那天我买完菜刚到家,墙上的一块墙皮忽然毫无征兆地剥落,毫无征兆。这还是一个新家啊,刚装修完没几天,我忽然被一阵悲伤抓住了呼吸,冲进夏花的房间,听到她正在和阿南说话,一颗心才放了下来。

"是谁?"

"马卓。"

"老爹你先出去,让我和马卓说说话。"

阿南依言出了房间,替我们关上了门。

我握着她的手,那哪是一双手,瘦到只剩下骨头了,握在手里,像握着一个单薄得一捏即碎的塑料杯一样。

"你们吵架了么?"夏花问我,"他电话一直不开机。"

我点点头。

"你答应我,离开他。"她终于缓慢虚弱却清晰地一个字一个字地说出来。

我的眼泪已经落满衣服,她好像感觉到了,另一只手也伸出来,够啊够,好不容易够到我的脸。

"别哭啊。"她的手指触碰到我的脸,来回摩挲了几次,终于丧失了力气,轻轻盖在我另一只手上。

"夏花,我难过……"一生之中,再多伤害折磨,都没有任何一次让我脆弱至此地步。那种在深夜梦回时候的锥心之痛折磨着我,仿佛再也无法握紧拳头重获坚强。我哭得更厉害了,怕阿南听到,我只好捂住自己的嘴。这么多天来,我强撑着,不敢告诉任何一个人,但我一天也没有好受过。我夜夜夜夜自责:为什么要认识他?为什么要在一起?我与他纠缠不清这五年多来,为什么明明有那么多次离开的机会我却一次都没有抓牢?而今日最终自酿苦酒,自食其果。

"别难过了。"她还在很慢地说话,说了好长一段话,"不是你的问题。真的不是。你们注定不是一个世界的,马卓,你高高在上,你有追求,而他只是一个凡人,他一辈子也到达不了你的高度。所以,离开他,只有你离开他,他才可以活得下去,我就这一个弟弟,我不想他像我一样短命,马卓,算我求你,求求你!"

我泪眼朦胧。除了握住她的手以寻求力量,无言以对。

昏暗之中,林果果像是借着她的身体,在这一刻还魂而来。我想起第一次见到她时,那惊为天人的面孔,她们如此相像,好像我拼尽全力地靠近,就是为了今日这盈盈一握。

大概在天上的她,也不忍心再看我在这没有出口的迷宫里一次次走失又一次次冲撞得血肉模糊精疲力尽了吧。

"答应我。"她轻声重复着。

"好。"我擦干泪水,吐出了这个千斤重的字。

她了却了心事,双手重新缩进被子里,说:"好。马卓,你替我开开窗,再把你爸爸叫进来,好吗?"

"可你不能见光。"

"我好久没见光了,让我见见。"

我掀起遮光布的一角,一束强光照射到她的被子上,她在被子里动了动。阿南推门进来,手里握着两只酒杯,一瓶开启的红酒。

"马卓,扶我坐起来。"她对我说。

我扶她坐起。今天,她的精神似乎颇好,她用手拍拍自己身边,阿南走过去,坐下。

"你答应我的。"她说着,接过一只酒杯,尽管花了大力气,手仍然颤巍得厉害。

阿南替自己倒了一小口,也替她倒了一小口,然后,他们碰杯。

夏花几乎是躺倒在阿南怀里,他们的胳膊交缠在一起,阿南一只手抱着她,另一只手绕过她瘦弱的胳膊,等她先喝一口,自己才喝一口。

我抹着自己的眼泪,却越抹越多,紧咬着下嘴唇,死死不让自己哭出声来。

"我想这口酒很久了,阿南哥。"她勾着他的脖子,用撒娇的口吻说,"喝了交杯酒,我就是你的新娘子了。"

阿南什么也没说。他把她慢慢放下,盖上被子,落下窗帘,开始摸索着给针管上药水,替她打针。

凌晨约3点半,阿南推开房门走出来,从他的眼神里,我已经读出了一切。

他紧紧拥抱我,低低地哭了。

FAREWELL SONG III

(30)

再见到他,是夏花死后的第二天。

我们把夏花送回了老家,按照她的要求,葬在苏菲玛索旁边。

回来之前还是短信通知了毒药,希望他开机后能看到。当我们到达艾叶镇,推开门,已然看到毒药背对着我们站在院子里。他目光眺望之处,是建设中的马卓花园。几年没来,这里已经退化成一片荒烟蔓草。就像回忆,如不整理,它沉睡的速度往往快得惊人。一整天里,他除了抽烟还是抽烟,除了和阿南必要的几句应答,几乎一言不发。对我,更是正眼不瞧一下。在置放骨灰盒时,他铲土时用力过度,一锹土铲到我身上,他就像没看到一样,连一句对不起都没讲。

沉默比赛吗?我也会。

那两天,我们都在沉默,沉默!直到我们从镇上回到市里。就我们两个,阿南留在镇上老家休息,他需要一些时日才能恢复,因此也无力管我。

下了长途车,是他先说话:"住宾馆吧,洗个热水澡。"

我没有反对。

如果分手还差一个最后的仪式,拼了命也要完成。

到了宾馆,是他去开的房间,刚进门,他就转过头来狠狠地骂我:"是你让我没见到她最后一面,她是我唯一的亲人,唯一的,你知不知道!"

"是你自己关机!"我毫不畏惧地看着他。

他逼近我，模仿我的语气："'有事吗，没事我们下次再说'，操，你把我当谁，那个书呆子吗？老子不吃这一套！我告诉你，你让我痛苦一次，我就要让你痛苦十次！你知道那些天我去哪里了吗？要不要我告诉你！"

"不用。"我说，"我不关心。"

我倔强地看着他，等着他的拳头落下来，但是他没有，他只低下头来，深深深深地吻住了我。一吻过后，他对我说："算了，马小羊，我累了，也不想跟你计较了，从今以后，你是我唯一的亲人。你要对我负责。"

唯一的？亲人？负责？

我忽然觉得特别特别好笑，他还要骗我多久才肯善罢甘休？

"现在她走了，你爸没什么好反对的了吧？"

难道他一直以为，我对他冷淡，是我爸的原因？

我推开他，自顾自地坐下，拿出我的笔记本，启动电脑，打开邮箱。除了广告，竟然悉数都是来自肖哲的信件。我打开第一封未读信件。

Dear 马卓，

　　一转眼我已经来美国有两个多月了。初到异国的新鲜感还在，然而一切又都已经按部就班地进行。上课，实验室，做TA（助教），总觉得生活比原来忙碌但又充实了许多。尽管如此，偶有空闲，我仍会选择在校园里走一走，坐在草地上晒晒阳光，然后想起你的笑容。你在国内还好吗？

　　我喜欢这里。喜欢这个恬淡闲适的几乎被森林包围的城市，喜欢和一群来自各个国家地区的志同道合的年轻人一起学习一起做实验，喜欢做TA时候面对那些朝气蓬勃的大学生好像也感觉到自己的未来还有无限可能。我在这里得到了一种从未得到过的内心的激越和满足，即便是在疲倦的深夜，依旧坚持着观察遥远宇宙里一颗还未被命名的星星，反复检查实验数据。这样的辛苦，就像仍在等待着你的心情，我都甘之如饴。

　　巨大的欧式建筑散发浓浓的学术气氛，明亮宽敞的Hallway(走廊大堂)，年轻人三三两两聚集在休息区喝咖啡热烈讨论功课或者休息聊天，美式小店里有味道极好的pasta(意大利面)，我知道这一些你都会喜欢。若你能来感受这一切，马卓，这是生命的另外一种可能性。我确信，你会喜欢这种可能性。

当然还有我，会一直在这里，等待你来。

My Best,

肖哲

很快的扫完这封信，我忽然不想关掉它。我心里升上来一个压不下去的念头，我希望他能看到它。

我走进浴室，把浴室门关上，锁死，水池龙头和淋浴喷头悉数打开，开到最大。

我只是怕听到他打电话的声音。

就在我用热水狠狠地冲淋自己的时候，忽然发生了一件让我意想不到的事。

刹那间一片漆黑，竟然停电了。

远远的，我听到雷声，好像从很远的地方快速地滚了过来，就在我们的房顶上方炸开了花。我惊得全身一抖，关掉了水，好不容易摸到毛巾，裹好自己，跟跟跄跄地从浴池里走出来，穿上拖鞋。还在惊魂甫定中，听到他擂门的声音。

"开门！"他大吼一声。我摸索着，打开了浴室的门，脚下却不注意一滑，差点摔倒。

他二话不说将我一把扛在他肩膀上，再搁在床上。

我的胃部正好抵在他的肩膀上，痛得我蜷缩起来。他把我掰直，我拒绝，他再次把我掰直，我一挥手打了他一个耳光。

他愣住一秒钟，更大力地撕扯我。

我咬在他胳膊上，他不作声，我更用力地咬，咬到我牙龈酸痛，咬到我流了一脸的泪水。

"不许哭。"他的嗓子是哑的。

权当是告别和最后的抚慰吧。我对自己说，就这样好了。我一直绷紧的神经在临了的一刻还是瓦解了。我就当自己像废弃的旧轮胎一样，任谁把我抛到何处，我都不会在意。

我只是忽然记起了那双眼睛，清澈得仿佛六月的河水，却又带着莫名的忧伤，在我面前汩汩流过，像是在默默地控诉着什么一样。

我听到门外有人窸窸窣窣走动的声音，服务员用对讲机讲话的声音，雷声隔几秒钟就发作一次，如同面对着巨大的排气管。空调停了，热气漫上来，我感到汗水和泪水一起模糊了我的视线，呼吸沉重得无法延续，疼痛以排山倒海之势压倒了我。

心里的痛，身体的痛，一同向我逼近。从未经历过的绝望之感，渐渐淹没我，让我挣扎不得，只能咬紧牙关，战栗颤抖着。

整个屋子里只有我的显示屏独自释放着幽幽的蓝光。其余，皆是触不到底的黑暗。他，我，我们的心。

小城的宾馆，脆弱的输电线路总在夏天的雷雨夜崩溃。后来，不知道过了多久才来电时，来电时窗外的暴雨已经失去了最初的阵势，我的电脑则处于休眠状态。

我整理好衣服，从他身边爬起来，在另一张床上枯坐，坐了好像有一世长的时间，恢复运作的空调哼哧哼哧喘着粗气。从认识他起直到今天，我们没有一次比这次更沉默过。

可我并不想哭。一点也不想。好像已经度过了最痛苦的时刻，再多不舍再多犹豫都已经在冷战期间的每一个深夜里凝固了，又在刚才那好似没有尽头的黑暗和闷热里被吞噬一空。这一刻，在冷气充足的房间里，我紧紧抱住自己，内心竟是一片清朗平静。

"你过来。"他招呼我。

我没动。

"你不过来我过来。"他说。

"我们分手吧。"我转头飞快地对他说，"我决定出国了。"

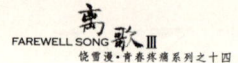

几乎是一秒钟的时间,他从床上坐起来,走到我身边,一句话没说,重重地给了我一个耳光。

然后,他迅速穿好衣服,拿着他的包,离开了房间。

我发誓,自始至终,他看都没看我一眼。

而我才刚刚反应过来,不自觉抚上那痛得火辣辣的半脸,原来想象了一万次的分手,完成的时候这么轻易。

我不在乎这一巴掌,实际上,千个万个我都不怕。我呆坐在床上,听着空调的运作声,忽然间明白,除了使用暴力之外,他也许压根就没有想过如何才能真正了解我的一颗心。他一次次地撞开我的心门,又一次次摔门而去。只是这一次,我的心门失了锁,再也锁不住我爱他的心情,也再无法将他锁在我的心中。如果以往所有的武力都是为了挽留我,那么这一次,我明白,他是赤裸裸地抛弃。

感谢命运,我们终于走到了这一步。也许这对我们彼此来说,都是解脱。

最好的解脱。

而夏花,我也终于完成了对你的诺言,从此以后,你可以好好安息。

第二天,我独自回了北京。

我给肖哲回了信,告诉他我想要出国,越快越好。但是我没有任何准备,我甚至不知道应该先做什么事。在等待肖哲回信的时间里,我问自己,为什么要急着出国。在艾叶镇,那只是一个用来分手的借口而已。出国?我连托福的书都没摸过,出什么国?

肖哲的回信来得很快,他甚至没有问我如此仓促决定要出国的原因,就给我提供了他认为最好最快的方案:先申请来美国读语言课,再一边准备研究生考试。邮件里还附带了他从他学校的国际学生办公室那里要来的一大堆相关资料,详细无比。

那些材料全是英文,那晚我喝了三杯咖啡,读到了早晨。读完之后,头昏眼花,好像当即忘了大半。我盯着放在一旁的手机看了好久,没有一点动静。

他再也没有出现,再没有一条短信一个电话。我想我们大概再也不会相见,这一次分手,比以往任何一次都要决绝,他什么都可以伤,除了自尊。

然而,像过去的无数次,重逢总是发生在不经意之间。若再遇到,我或许仍会一头栽进那无法抗拒的漩涡之中,作茧自缚。莫非,我如此急于逃离这里,不仅仅是要找个地方默默疗伤,更是希望能够与他不再相见,也就不再相爱了吧。

某天,洛丢丢忽然给我打电话,告诉我方律师判处有期徒刑20年。鉴于他表现良好,将侵吞财产悉数吐出,所以,没再判得更重。吴媚媚当然还是要负一定的法律责任，还好，只有一年而已。

方律师最终为何决定自首，原因我未可知，甚至连整个案件的调查和审判，我都没什么兴趣去了解。也许是他知法犯法的行为让我失望，毕竟我曾是那样敬重他，一直视他为我自己在律师这个行业里的榜样和努力的方向。但如今，我连到法庭看他如何为自己做最后辩护的勇气都没有。只听说他在法庭上落下泪来，兴许是念及他与吴媚媚的多年情谊，或是良心发现想为他那在旁听席上嗷嗷大哭的脑瘫儿子积德祈福。

"姐姐，"洛丢丢说，"我想你。"

她刚说完门铃就响了，我打开门，门外站着挤眉弄眼的她。还给我带了礼物，一袋子水果外加一张陈奕迅的CD。

"我妈给我请了新家教，我答应在她出狱前重新回到学校，参加高考。"

"挺好。"我说。

"姐姐你不开心？"她察颜观色。

"没。"我可不想在一个孩子面前泄露心事。但她真是变得不一样，也不再打破砂锅问到底，没事的时候，她常来看我。在重新变得孤单和不安的北京城，那些时日，她真是我最大的安慰。

"为什么失恋啊？"有一天，她终于问我。

"因为我是孤儿，"我摸着她的头发说，"我不希望这个世界上，因为我，又多出一个没爸爸的孩子。"

"可是你都不快乐。"她说，"值得吗？"

"还好吧。"我说，"总会过去的。"

"爱情难道不是自私的么？"她仰起脖子问我。

我不知道该怎么回答她。

有了肖哲的热情帮助，加之我成绩一向不错，美国大学的申请办得异常顺利。办完签证的那天，阿南也来到北京，开始为我预订机票打点行李。而我只是把学校寄来的材料和报到日期再看了一遍，就把它塞进抽屉里了。

无人值得相告,也不觉得有什么好庆祝。

毕竟,只有我自己知道,我其实是要奔赴一场逃亡,一场逃离错爱的远行。

倒计时十天的时候,我才开始着手收拾行李,将所有东西都塞进了皮箱,还反复检查保证它们既不会超重也不会因为被塞进了过多的东西而在中途就地崩开。办妥一切手续,又与颜舒舒几番告别之后,空荡荡的房间里唯一摆着的一个日历上那个被圈起来的日子,竟然就在眼前了。

虽然出国的是我,但阿南比我更忙碌,他忙着收拾房子,彻底大打扫,给各个橱柜放樟脑丸,做最后的整理。

"爸,你不用这么着急,"我说,"等我走了你再慢慢收拾,又不是非这一两天不可。"

"你走了,我一天也不在北京多呆。"他的脾气比以前执拗多了。他执意要把这里留作我归国后结婚的"新房"作为同意我出国的唯一条件,而他自己,决定回老家陪着奶奶。

"你忙得连话都没空和我说,我出去以后可再没这么好的机会了。"我说。

他的脸上露出久违的微笑:"可以用网络摄像头嘛,我们家电脑上不是有一个,难道你忘了?还是肖哲替我装的。"

我知道他故意提到肖哲是想探探我的口风,但我没接腔。

在他心里,肖哲是最适合我的人,就像他之于林果果。他经典的那句话"这是她最爱的人,而最爱她的人是我"我永远都记得。而他这次能爽快地答应我出国读书,除了他对我一贯的宠爱和支持外,也有很大一部分是因为肖哲,和肖哲在一起有个照应,他才能放心。

那是他希望我过的生活。至于毒药,聪明如颜舒舒、肖哲、阿南,都对他的名字绝口不提。只有洛丢丢偶尔才对我提起。

"帅哥哥茶社的朋友说他再也不会来北京了哦。"

"帅哥哥遗落名片一张,我总算搞到他号码了!"

"帅哥哥说他没钱给我打电话,我就给他手机充了一千块,结果他关我机,奶奶的！"

没心没肺如洛丢丢，才可以这样置我的分手旧伤于不顾，快乐地信口开河。

我不知道洛丢丢是怎么找到毒药的，但我唯一确定的是，自从夏花去世以后，他就再也没回过北京。

这样想来，之前说的什么常来北京做生意的话，大概也是说出来哄哄我的吧？其实我并不怨他骗我，从认识他的第一天起，我就知道他是什么样的人。只是每一次，我都选择相信他的甜言蜜语。明知道只是还未醒的梦境，仍是固执地紧闭双眼，以为这样就能把梦延长到它成真的一天。但是这一次，在他已为人父之后，在那个小生命面前，连交锋都不必，我已经输得彻彻底底。除了头也不回地离去，做什么都只会显出我的愚蠢并让我厌弃自己。

出发那天，阿南替我拉着行李，和我一起匆匆进入候机室，还没换登机卡，忽然听到有人高喊我的名字："马大姐！！！"

不用问，洛丢丢。

"马大姐，"洛丢丢说，"你就打算穿着这身去美国？"

阿南还没有习惯洛丢丢的风格，不由得说："这位是……"

"洛小姐。"我说。

"有礼物给你哦！"洛丢丢面对我，忽然甩出一封信，"上了飞机才能看，别说我没警告你。"

临别赠言？什么时候，她也学会了这一套。

见我把信收进随身的包里，她一副如释重负的样子，又晃着膀子说："你爹挺帅的哈，看上去很洋气，要不介绍给我妈得了。"

胡说八道一流，真拿她没辙。

颜舒舒怕她来送机会伤感得水淹首都机场就连机场都不肯来，只是非让我带上一件她老公家最热销的皮装才罢休。不过我们说好，回国的时候，她一定来接我。

我在机场接到她的电话，她说："下次两个人一起回吧，要知道，这是我从高一起就有的最大的希望。"

"那怕是要变成你一辈子的失望了。"我打趣她。

"他真的好爱你。"颜舒舒说,"还记得那晚他喝醉了吗,在我家,他喊你的名字,喊了一夜。马卓,别傻了,珍惜啊。"

"嗯,你也保重。"我说完,挂了电话。

最后与我告别的,只剩下了阿南一人。他一直走在我后面,也不说话。我在安检口前停下,转过身与他告别。分离迫在眉睫,我看着他,他老了,不是斑白的头发,也不是刀刻般的法令纹,而是眼神。那眼神如此安详,又如此疲惫,好像在默默地告诉我,我这么多年来欠他的每一笔他都从不曾放在心上。面前这个与我毫无血脉之亲的男人,其实我对他的依赖的种子,早在幼年时第一次在他摩托车后座上的那刻起,就已经种下了,可我却用了那么长的一段时间埋怨他,挣脱他;直到此刻真的要走了才明白,我错了。想要给他一个拥抱,却僵硬着身子无法向前。终于,是他上前来将我抱在怀里,那样温暖而安全的怀抱,一如我童年时渴望的那样。

他拍拍我的头,说:"傻丫头,别哭。一路小心,到了记得马上跟我联系。我也在学英文了,学会了,就去看你们。"我把脸埋在他的肩头,又哭又笑地点了点头。

上了飞机之后,我拿出那封信,看到洛丢丢潦草无比的字体,她竟然用荧光笔写信,闪得我眼睛疼:

马大姐:

有一个秘密被我保存至今,希望你念在最后我还是愿意告诉你事实的分上原谅我。

毒药的小女儿不是他亲生的。而是那个叫晶晶的黄脸婆和她前夫所生。

我本来不打算告诉你这个,我本来想争取一下,让他爱上我。

但是我失败喽,他心里只有你。

别问我为何这么认真又确定,我可是无所不能的丢妹妹。

祝你旅途顺利,用餐愉快。

爱你的,
丢丢

航班号 Flight No	计划 STD	终点站 To	柜台 Counter	备注 Note
MU5296	17:30	太原 Yuan	H01-13	
MU2454	17:45	武汉 an	H01-13	
MU5122	17:55	上海虹桥	Q01-Q08	
CZ3154	18:00	深圳 zhen	G6-11, F	
CZ6106	18:00	沈阳 yang	G6-11, F	
MF8172	18:00	福州 hou	G02-05	

航班号 Flight No	计划 STD	终点站 To
CZ5034	18:00	Xi An
MU2416	18:00	Du
MU563	18:05	Sh
CZ5056	18:05	Kunming
KL3976	18:10	Xi An
MF8122	18:10	Wuyishan

「别忘了,我是马卓。只有向前,向前,不会停,不能停。」

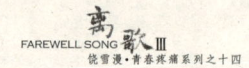

  我将这封信反复读到第七次的时候,才撕掉它。

  飞机正穿越气流层,高高的云层竟是烟灰色的,像静止不动的一抹污痕,往下望去,什么也望不到。是这样让人失落又迷惘,如同被错过的爱情和无法直面的内在。多希望永远都漂浮在这不可触摸的天际,不用思考对错,不用剖析自白。

  整个机舱都暗了下来,我拉下挡风板,关了头顶的小灯。闭上眼睛准备睡觉。我突然好渴望能够梦到她。她已经好久不愿入我的梦来,好像在抗议我与她越来越像又越来越不像。我好想问问她,那个叫我挨打一定要还手的妈妈,你为什么没来得及教教我,该怎样勇敢面对自己心里那块阴暗的部分,该怎样将逝去的伤痛活成一种成全?

  其实你也不懂吧,对不对?

  黑暗之中我知道自己仍然没有忍住懦弱的眼泪,正如我知道自己这一次再也没有退路,虽然我已知道真相。

  对不起,我的爱人,我那不允许被窥探的过去和与生俱来的倔强最终将我们的爱情推入无可挽回的境地。

  谁叫我相信命运,相信冥冥之中一切都有安排。它叫我相信我们一次次相遇又分开,只是为了踏上今日这场无法逆行的旅程。

  即便是这样,我依旧感谢能与你相遇,如同感谢命运让我们再次分离。

  当我飞行在三万尺的高空,我知道我正飞向一片新的海洋,一个没有你的世界。就像过去的每一次,我背负着新的希望和期许迁徙到另一个崭新的地方,12年间从西到东,从南到北,这一次,又从大洋的此岸飞往彼岸。让我坦诚地告诉你,在我23年的生命中,最值得期待的时刻其实是我的每一次离开。

  因为只有离开,才会遭遇奇迹,宁可飞越千山万水,我也不愿在梦里孤独徘徊。

  别忘了,我是马卓。只有向前,向前,不会停,不能停。

  希望终有一日,你能够亲手替我放一只纸船,微风拂过,至少你依旧记得我们

  曾相携云游过这段青春的日子。毕竟在千万次的相逢和告别之后，你和我的爱曾到过那么远的远方；只是现在，船夫摇桨，我已航向他方。

  我终于明白，诺言与真相，命运与预言，都是乱象。不再重要，也不再值得心有不甘。

  这最后的断肠离歌，就让我当成无字的情书，只对你一人轻轻讲述。

  一辈子，不说后悔，不诉离伤。

—END—

尾声……

他们到底会不会在一起？
别样结局，请等待《离歌》精装版……
2010年8月限量上市

有时候结局只能是唯一

《离歌III》完稿,是在"六一"儿童节。一个可以欢天喜地没心没肺的日子,我却给出了一个我知道你们都不会喜欢的结局,并在多位试读者潸然泪下之后,成功飙升至"文坛后妈"排行榜NO.1。

不要怪我。5年前,当我在某个空白文档敲下"马卓"这两个字以后,就已经注定了这样的结局,我改不了,你改不了,谁也改不了。

所谓"命中注定",大概说的就是这个意思。

不然,这本书别叫《离歌》,直接叫《爱歌》得了。(如果要扔砖头,麻烦直接扔向方悄悄!——为什么!凭什么!方悄悄注)

就像远在美国的许诺儿,我曾经极度怀疑她之前连《离歌》I和II都没看过,不然去年夏天在我的书房她也不会一直指着陈意涵问我这个美女是谁,气得我差点要对她很没有风度地翻白眼。不过在写《离歌III》的时候,她耐心解答了我这个出国盲在肖哲和马卓留学方面的各种问题,还热情地介绍了很多关于留学生的事,除此之外,她一直在做的事情是N+1地怂恿我为马卓设计一场ABC恋情(我知道她得ABC病了)。当然除了她,还有很多人都给了我很多关于结局的好建议,但结局真的,早就这样了啊。

那段时间,每天睡前我闭上眼睛,脑子里浮现的都是这个我在想象中描述已久的场景。分离,不诉伤悲;远行,追寻自由。

因为只有这样,马卓才依然是我的马卓。

面对分离,我们每个人如果都多一点勇气少一点胆怯,才可以多一点幸福少一点痛苦吧。

至少，这是我美好的希望。

在这本书里，最扬眉吐气的人算是肖哲吧。他给人的榜样是，就算是"炮灰男"，只要永不放弃，就总能抱得美人归。肖哲和马卓在机场告别，肖哲大喊"我永不放弃"的时候，还感动了很多不知内情的旅客呢。

算一算，5年过去了，《离歌》系列一共出了3本书、两首歌、一部电影和无数番外（网友原创）。无论走到哪里，总会有人问同样的问题："马卓后来嫁给谁了？"拍摄《离歌III》大片的那几天，我们在"天中论坛"上开了直播帖，几万个网友蹲在那里，等结局，等演员曝光，等花絮八卦。当我看到"马卓"穿着婚妙在花海里奔跑的时候，我也会有一种错觉，如同她真实存在于我的生命，而我只是一个旁观者和记录者，我当然希望她幸福，无论是什么样的结局，我亦相信她幸福。

因为在经历许多的生死离别后，再也没有什么，比好好地活着更重要了吧。

其实写这本书，最感动自己的章节是夏花的死。灿烂如花、肆意怒放的生命，连离开都是那么掷地有声。而饰演夏花的王子文，简直就跟我心目中的夏花一模一样。除此之外，这本书中的洛丢丢、吴媚媚，她们好像就这样活生生地从我的书中走出来，让我这个作者也不得不惊讶，真实的生活，有时候和小说，竟也如此地相似。

说起巧合,还想给你们看一个名单:摄影师王玉文,马卓的演员叫王秋紫,吴媚媚的演员叫王子子,夏花的扮演者叫王子文。这件事让我乐了好半天,直觉得我们的拍摄团队是"天作之合"——好吧我承认,有时候我就是这样地有小小迷信,迷信付出之后,我们终会有好运。

说到运气,《离歌》这套书,不知道是不是名字真的没起好,居然换了三个出版社,换了三个毒药,而且每一次都是换得"情非得已"。最后因为意涵档期的问题,不得不连马卓也换了。好在故事还算一个完整的故事。不过,为了不让大家太失望,我在即将推出的精装版里,加了一个尾声,这个尾声,和"左耳"的那个其实多多少少有些相似。算是一种弥补,无论如何,我们都有靠近幸福的理由。

周末跟拍完大片,我累得都坐不直,对着电脑一整天,计算数字无数次,还是没有写完后记,我把以前的后记重新翻了一遍,发现我早就失去了那些絮絮叨叨的心情。我觉得我真的老了,但是我还是想说,在我这么多年的写作时光中,感谢所有的读者,感谢那么多我知道或不知道的,一直在阅读的年轻人。正是他们,让我永远能在小说里找到17岁的感觉,尽管在现实中我已经离它很远很远。也正是他们,让我不愿意停止写作,因为我总觉得他们需要有人倾听有人讲述。我不再是17岁,可我希望能一直为17岁的年轻人们写他们喜欢的故事。

最辛苦的，还有为这本书付出努力的所有的幕后工作人员。

当你拿到这本书的时候，我的北京雪漫文化已经有了很大的改变。我其实一直认为，我一个人最美好的未来，不算美好，而"我们"最美好的未来，才算是真正的美好。

愿所有的人，都能分享到这份快乐。

离歌唱罢，而我再一次忘记年纪，继续前行。

饶雪漫

2010年6月于北京

附录1：试读笔记

再见，王子

文/许诺儿

喜欢自己的名字若琳。与雪漫相识近十年，为其写过试读无数。现居美国，希望能重拾写作，希望能抵达你心。
博客 http://rilian.blogbus.com/.
代表作：《葵花生》，《越秀地铁B1》

5月，放假。我一如既往地宅在家里，一稿又一稿地读《离歌Ⅲ》。

最早看到《离歌》，还是我高中毕业前，印象最深刻的不是马卓也不是毒药，而是林果果。而真正读到实体书，已经是我出国两年后回来过暑假，在雪漫家小住的时候。那几天她几乎24小时都在电话上，电脑屏幕上是还没定稿的《唱情歌》封面，MSN上叮叮咚咚的声音不断，我就一个人坐在旁边的单人沙发上，一本一本地看她书架上的书，然后，在她那堆满了书的车库里，寻寻觅觅，找到了《离歌Ⅱ》，带回了上海。

这个5月，在夏天即将再度到来的时候，她突然在MSN上发来消息，问我国外的读书生活如何。

原来她在写《离歌Ⅲ》，要安排那个炮灰无比的男二肖哲来美国找我呢。

从那之后，我便每天都在读《离歌Ⅲ》，每天早上起来第一件事就是打开电脑接过今天的稿子，随着剧情的发展时而惊呼时而叹息时而大笑时而怒骂。有时候我会为我自己心目中的剧情与雪漫据理力争；有时候也会看到最后反而自己生起闷气来，就央求她把某些主角的结局写得悲惨些以纾解我心头幼稚的小忿恨，譬如看到中途就在MSN上抛下一句"欠扁的洛丢丢，真该给她个悲惨结局让她抱着我的腿哭"，又比如后来那句引发了莫大风波的"就让毒药瞎了吧！"。

认识雪漫这么多年来，她的书我差不多都看过，从前几年流行的讲法"书评"到这两年新潮的称呼"试读笔记",我写过的几乎快成了固定副刊,但是如此接近她创作过程的,这还是第一次。

这么多年时间在走,我和她都各自变化,不过庆幸的是,这种她写我读而后我们共同成长的感觉依然存在。

即便曾经相隔着山川河流而此时大洋阻断昼夜颠倒,我们依旧拥有彼此。

这样互相守护的感情亦流露在离歌终章,让整个故事都温暖真切起来。

【如果我在一颗星上远远凝望你】

虽然读稿许多次,但每一次读到肖哲的一颗星理论我都心有戚戚焉,宛若真的抬头便能看到满天星光。

少年固执如肖哲,锲而不舍,就算明知毫无胜算,就算即将远走天涯,却仍然紧握一掬痴心,始终不肯放弃。他一生只守望一颗遥远的星,一世只等候一个不来的人。机场一别小心翼翼的拥抱,最后时刻声嘶力竭的表白,好似一朵烟花,全力冲上夜空只为一次绚烂怒放。

你有没有遇到过这样的男生?

他青葱岁月里与你一路相携走来,朴素真诚,坚持的决心近乎傻气。他常常需要等待多年去收获一份深埋心中的希望,有时候甚至可能颗粒无收。但他永远都是年少记忆中最亲爱的男孩,一起分享过情窦初开时的酸甜和少男少女间的暧昧。多年后再次相对,所有未能表达的珍惜,能拥有的悲喜,终锤炼成一枚封印尘烟保佑平安的小小金佛,随身携带,常在心间。

如果你的生命中曾有这样一个男生存在,那么你很幸运,就像马卓一样。

【再见,王子】

在与爱情狭路相逢的年纪,我们的爱人闪亮如同王子。

毒药策马而来,仿佛黑色骑士解救忧郁公主。但他的爱骄傲如同王子,无法忍受被忽略,更偏执得拒绝解释。

我想在内心深处,马卓和毒药,一刻也没有怀疑过彼此的情感。所以毒药才能一次又一次不打招呼便离开,每次回来的时候,无需确认就明白,马卓一直在等待。

只是,他们各自背负沉重往事和潮湿阴影,都太过坚持自我反而不能坦然相对。同样倔强不肯示弱，同样需要爱和承诺，他们在年轻激烈的爱情里彼此依偎互相温暖，却也同时深深刺痛两人各自隐藏的心事和秘密，终于耗尽了最后一点相爱的运气。

所以马卓，所幸你依然转身，及时告别无力相守的落难王子。

就算那份爱如同刺青，回忆已经深入肌理，就算那份疼痛曾经是爱的证明，我们也总有一天，要允许自己痊愈。

在我紧跟《离歌Ⅲ》创作的这十多天里，人物设定故事情节多次变动，但唯有最终分离的结局，自始至终都被完整保留，毫无异议。

在我想象之中，马卓应该义无反顾地离开。三万公尺高空的国际航班，捏在手里的护照签证，都不是结束她与毒药的阻力。唯一的阻力是她自己，在她内心她想要离开这段关系。因为已经成长，也因为还需要继续成长，所以必须分离。一分钟都不能再犹豫。

不论何种缘由分离错过，那就是人生。

所以我觉得，《离歌Ⅲ》是雪漫写给后青春的书。20岁以后的马卓和我们一起进入后青春期，已经能够勇敢主动告别，已经不再幻想王子和公主的幸福生活。与其滞留在只能互相伤害直至面目全非的年少恋情之中，不如收拾行装抹干眼泪接受残酷事实——不是所有相爱的人都必须在一起。

所以，后青春期的我们，打开《离歌Ⅲ》，去拥抱亲爱的家人和朋友吧！多少次失去力气，回过头去只有他们都还在原地。

后青春期的我们，读完《离歌Ⅲ》，去告别不合拍的旧爱王子吧！爱的路上，再度启程，桃花仍在，伊人不老。

后青春期的我们，合上《离歌Ⅲ》，去认真乐观地面对崭新的生活吧！不论世界末日是否到来，能够用力呼吸每一分尽兴狂欢每一秒，都是年轻的荣誉宇宙的馈赠。

后妈是怎样炼成的

文/果子李

90年,巨蟹座。誓漫旗下杂志《17SEVENTEEN》最受欢迎作者,每天必做的事情是开着一字未写的WORD向对编辑的唧哝一边良心不安一边逛天涯看八卦。官方定义为新世纪囧少女的代表,群众公认的狗血女王。
博客:http://blog.sina.com.cn/guozi626
代表作:《此事秘不可宣》《当怀特李遇到红领巾》《他们都说我们不会有好结果》

晚上11点,饶坏坏把刚刚写完的热气腾腾的《离歌Ⅲ》传给我,我光荣地与米果韩小暖阿好组成了试读小分队,当我激动万分地打开文档的时候,饶坏坏轻描淡写地说了一句:米果看完以后已经哭背过气去了……

我心里咯噔一下,言下之意似乎、好像、也许、大概结局是个悲剧哦?于是我默默拿了两盒纸巾放在手边,琢磨着应该够用。

凌晨3点,我关掉文档,泪眼婆娑地爬上微博寻找我的战友,发现那里已经哀声四起鬼哭狼嚎被杀得片甲不留,我方毫无悬念地全军落败。

不得不说,不是我军泪点低,而是对方太后妈啊!

是的,如果一年前,饶雪漫这三个字还只是"吊胃口"的意思,那么时至今日,饶雪漫她已经彻底成为令人发指的"后妈"的代名词。

你见过比这更虐的故事吗?

且不说马小卓和毒药这对苦命鸳鸯一段恋爱谈得走遍两岸三地从雅安到天中,从北京到美国,单说离歌三部曲时跨整整5年就足够让人抓狂,然而这个恶劣的后妈明显觉得抓狂是不够的,她还要让你崩溃才能满足,于是,等了5年,盼了5年,吃不下饭睡不着觉眼巴巴的望来了结局,可它竟然是这样一个结局!

看到夏花临死前说"我想这口酒很久了,喝了交杯酒,我就是你的新娘子了"的时候想泪奔的请举手!

看到"毒药的小女儿不是他亲生的,而是那个叫晶晶的黄脸婆和她前夫所生"这句话想杀人的请举手。

难道你不想抓狂吗?不想崩溃吗?不想抓着某个人的领子大骂你是个丧心病狂的后妈吗?

好吧,后妈,你赢了,我已经被虐得奄奄一息了,革命的大旗交与后人,一个果子李倒下还有千千万万个果子李站出来。

曾经我虔诚地祈求上苍赐我一个毒药,我愿意用身上20斤肥肉来交换。而现在,我不得不说,神啊,请让毒药远离我吧,这个倒霉孩子简直就是一个悲剧中的战斗机。

我说毒药,你明明不是什么好人,你又何必这么知恩图报对那个什么晶晶姐不抛弃不放弃?难道你就不能卷铺盖直接和马小卓私奔吗?你最会做的事不就是突然消失然后又突然出现吗?我姑且算你是有情有义好男儿,可你又何苦让别人家的小孩喊你爸爸呢?马小卓跟你说分手的时候你就不能问一个为什么吗?你就不能解释一下吗?就不能挽回一下吗?你装得很洒脱很利落抽了人家一嘴巴就走人,这算什么?!

后来有人跟我讨论,说马卓被毒药这一嘴巴抽到美国去便宜肖哲那小子了。我坚持说他们俩是不可能的。

虽然表白那一段看得人热泪盈眶,我在心里赞叹肖哲这种朴实死忠的男人才是结婚必备,但是!下一秒毒药空降的时候我还是没出息地立马倒戈了!肖哲啊肖哲,你输就输在一直守得马卓身边已经沦为人肉摆设,你要是像夏泽一样消失个三五年三五天不时抽风地出来摆个造型亮个相你早就把马卓摆平了,你看吧,男主角出现了,你就只能乖乖退回去当炮灰男二。

不要怪我太偏心,我是真心实意地盼望马小卓能和她爱的人在一起,说句矫情的话,我希望她能幸福。

因为我们是看着这个姑娘长大的,包括此时拿着这本书的你,我们一起看着马卓从那个被小叔殴打却死不流泪的雅安姑娘,一步一步成长为今天冷静果敢的律师助手,看着她与毒药分分合合,与她一起微笑一同流泪,不知不觉,她长大了,当年躲在课桌下偷偷看《离歌》的女生们也长大了。

其实,在主人公成长的轨迹中与自身找到重叠,是阅读最美妙的过程,我问过很多人：你17岁的时候做了什么？几乎所有人都无奈地回答：我似乎什么也没做。

是的，我也一样，我17岁的时候班上的女生都中规中矩，没有一个女生热爱倒卖A货，我们的全年级第一永远表情严肃带着厚厚的眼镜一开口就冷场，他喜欢的是清华而不是我。美艳的校花倒是有，自杀的消息也略有耳闻，可那与我没有丝毫关系。

17岁的时候，我更加没有遇到一个男生，他偷了我的东西，从此与我纠缠一生。

我在考试与暗恋中度过了平淡的高中生活，后来高中毕业，结束无疾而终的暗恋，考上大学，谈了一场狗血的恋爱，毫无预兆地分手，来不及疗伤，马不停蹄地找实习单位，等着一脚踏进社会。

磕磕碰碰一路走来，转身再看马小卓，突然觉得她像是这一路同行走过的老友，流血流泪后相互拥抱相视一笑，然后拍拍肩继续上路。

也许我们不如她勇敢，但我们拥有相同的倔强，我们都在与这个世界负隅顽抗，努力保存着心底里最原始的纯真，学着慢慢长大，学着更加坚强。

写到这里，我不甘心地跑去问饶后妈马小卓和毒药为什么不能在一起，后妈瘪瘪嘴，说果子李你真麻烦，等着吧，在精装版里会有新的结局。

于是宣告阵亡的我又立马活了过来。

让我们拭目以待，我始终相信爱情没有消失，只是藏在了未知的重逢里。

为你唱一首永不完结的离歌

文/韩小暖

韩小暖,温暖系双鱼女。2009年11月加入北京雪漫文化,担任文字编辑。在雪漫旗下杂志《17SEVENTEEN》中主持最受欢迎栏目"小情书",温暖清新的主持风格在读者中拥有很高人气。
博客:blog.sina.com.cn/17hanxiaonuan
代表作:《首尔下雪了》

6月的第一个周末,《离歌Ⅲ》大片拍摄。公司全员出动,路程最远至河北境内,忙碌最晚至路灯全部熄灭。收工大餐上累得快散架,雪漫突然看了看我,然后问悄悄:"你看,我磨练了韩小暖半年,她是不是成长了很多?"

那一瞬间,突然很想哭。

人生中的第一份工作就是来雪漫这里做编辑。

在还懵懵懂懂的时候,雪漫带我去了很多地方,认识了很多人,以至于因为她一直的大力推荐,甚至逐渐会有书迷跑来对我说"小暖我很喜欢你",一切的一切都像做梦一样不真实,但细想想,还真是幸运。当忙碌和紧张掌控了全部生活的时候,真的以为时间早已过去很久很久。可回头想要总结的时候,才发现,其实不过短短6个月。

坦白说,压力最大的时候也曾躲起来偷偷哭过,并且怯懦地以为自己是不是真的就做不好了。但每次抬起头,都能看见雪漫微微笑着鼓励的神情。

他们都说,谁遇见饶雪漫,就会改变一辈子的命运。只想狠狠点头,为这哪怕才半年的时光。

如果没有这样的相遇,就不会如此幸运地从头到尾见证着《离歌Ⅲ》的诞生。

这是除了杂志以外，我真正着手参与制作的第一本图书。从追看《17SEVENTEEN》的连载，到死缠烂打求试读，再到选书模、拍摄内页及视频、文字校对……无数个夜晚公司灯火通明，把用来记录会议内容的本子都翻烂了。QQ上不断有人用各种方式打探剧情，书模人选更是做好保密工作，就连果子李缠着问的时候，我都神秘兮兮只发了个侧脸骗她。

《离歌Ⅲ》就是在这样焦头烂额的拼搏与万众瞩目的期待中，终于唱出最后一个音节。

忙得最不可开交的时候，突然游离状况外地想问：唱了5年的离歌，真就要这么结束了吗？但为什么总在潜意识里觉得，毒药会在下个路口再次突然出现，拉住马小卓的手，然后两个人大步往前跑，继续寻找着他们的幸福。

或许，你和我都宁愿继续相信，他们的相逢，是无从逃脱的命中注定。

即使听不到他们的声音、看不到他们的笑容，可这份因《离歌》而拥有的感受，却着实会在记忆里一直铭刻，永远不会改变。

拍摄期间，我采访了所有书模。唯一贯穿始终扮演阿南的伟豪哥对我说，他其实非常非常不舍。我想我们都一样，看着那个跳进窗子救出林果果并跟着她逃离雅安的小马卓慢慢长大，直至遇到一辈子只有一次的深爱，并在这过程中相信爱、用力爱、懂得爱，除了感慨时间流逝之外，总还有交杂着说不上来的伤感。为这份赋予我们眼泪的爱情，以及这个无论在什么时候都依旧坚持着往前走的姑娘。

还有一幕最感动的，是视频里颜舒舒照顾喝醉的肖哲，站在一旁气鼓鼓并带着些许无奈地说："追了10年，你不累，我都累了。"

听到这句台词的时候，又差一点掉了眼泪。毕竟我是那么喜欢颜舒舒，那么心疼这女孩子。因为，我曾经也像她一样，如此认真地深深喜欢过一个喜欢着别人的男孩子。

那段时候是知道他爱着别人的，可我还是义无反顾地一心一意对他好，在任何一个他难过伤心的时候站在旁边做着女一号才该做的事。因为我以为，总有一天他就累了，到那个时候我还在原地等着拥抱他，他便一定不会再忍心错过我。

可是很可惜，故事的最后，我们还是退回到了朋友的位置。他并没有与他爱的那个女生在一起，而且即便这样，他也依旧没有选择我。

我想，在对爱无所畏惧的时候，我们是真的有勇气为心爱的男生忍受任何冷漠与孤独，甚至伟大到可以成全他与别人的幸福。不是不难过，不是真就那么舍得，只是在那些时刻，唯一的心思都是真心希望他幸福，而无论陪在身边的人是谁。这样的牺牲，也是爱情的一部分。

你看，像不像颜舒舒和肖哲的关系。

只是幸福往往不是唾手可得的糖果，而这种无论你做多少努力也永远无法得到的青睐，才最让人伤心。《离歌》的最后，颜舒舒和别人结婚了，但我知道，这样长达10年的守候会有多难忘，以至于无论再过多久，心里的某个地方，依旧只有这一个人的名字，每每想起，都灌进一股冷风，在回忆的温暖与现实的残酷中刺痛你，至死不渝。

这种无法弥补的错过，就像是只差一分钟就能赶上的航班。无论你再怎么急躁再怎么感慨这仅仅的一步之遥，却只能停在原地，等下一班。

雪漫的故事就是这样。轻而易举地在你内心最柔软的地方轻轻捏那么一下，便让你痛得难以控制，却又将感动无限蔓延。

曾经喜欢过的男孩子，曾经唱给他歌，曾经半途而废的爱情，曾经走失却没有循声而归的人，都在对爱的信仰里，没有让我们彼此分离。

还好，在这5年中，在《离歌》带给我们的疼痛中，没有一个人逃避地捂住耳朵。而那些被唱哭的人，也都在年少如花的岁月里，终于抬手擦干眼泪，勇敢地继续向前走。

虽然我也希望故事会用幸福结尾，但流过眼泪之后才终于明白，无论结局带给你的是什么，最重要的是你一定要相信，最后的最后，总会有那么一个人，风雨兼程不顾日夜，在终点处来到你身边，将永远谱成那一首永不完结的离歌，连同幸福，一起唱给你听。

附录2：《离歌》十宗"最"

历时五年的离歌终于唱响，曾经令我们恸哭或是大笑的情节，已经遗失在某个角落。在朝向前方的时候，总有人轻轻摇动旧时放映机的手柄，一帧帧地回放着过去的故事。

让我们一起来看看大家评选出的各种《离歌》里里外外情节大排行！

"《离歌》全纪录"之十宗"最"！！！

NO.1 最震撼的出场：

你以为是林果果那艳丽如花的惊鸿一瞥吗？你以为是阿南那慈爱的眼神吗？你以为是毒药和马卓地转天旋的相遇吗？错了！《离歌》中最震撼的出场非肖哲同学莫属！"我叫肖哲！我之所以第一个走上讲台，是因为我的座右铭是：永远争第一！"这样雷人的台词再配上那传说中"清华北大"的文身，连第一女主角马卓都要甘拜下风。

NO.2 最勇气可嘉：

马卓孤身一人前往"算了"吧营救身陷险境的颜舒舒不说，还一个人咕噜咕噜喝下三瓶酒，带走烂醉如泥的颜舒舒同学，把有不雅照的SD卡含在嘴里，成功地胜利大逃亡。当然肖哲就像一个道具一样见证了这次胜利。

NO.3 最霸道的表白：

先不管毒药同学是怎样悄悄地潜入了马卓的班级，他大大咧咧地用红色的水粉在黑板上写上"马小羊，老子喜欢你！"这些很难擦掉的字的时候，真是帅气极了！

NO.4 最悲摧的爱情人生：

阿南叔，你们知道的吧。这个可是新世界男人的楷模！模样周正，又高大，上得厅堂入得厨房，不仅对爱人一心一意，连爱人过世后留下的女儿也照顾得妥妥当当。最后遇到了夏花，人人仰着脖子巴不得你们有幸福的结局，可是阿南哥啊，你发现了咩，你爱上的人，最后都随风飘散了……

NO.5 最劲爆的情敌间对峙：

肖哲同学含笑默默地问马小羊介不介意他在她家过年的时候——"我介意。"一个冷冷的声音在夜色里响起，毒药抱紧马小羊，对着一脸惊愕的肖哲说道："这位同学，我忍你很久了，在我没动手以前，你最好自动消失。"

NO.6 最震撼人心的大逃亡：

总结到现在，我们才忽然发现，作为最佳男配的肖哲同学为我们贡献了多少经典剧情！地震来临的一刻他抓起英语试卷大喊一声"Earthquake"就冲出了教室，这一幕，简直为我国抗震自救的教育，贡献了一个活生生的范本！

NO.7 最华丽表演：

"一切都是命运，一切都是烟云，一切都是没有结局的开始，一切都是稍纵即逝的追寻……"是的，你们还记得这首诗吗？你们还记得，于安朵同学朗诵完这首诗，跟着就拿出把刀片划破静脉的那份淡定吗？这位全国芭蕾舞大赛金奖获得者登台表演的次数大概连她自己都数不清，唯有这一次的表演，让所有人永生难忘——当然，她自己也永远不会忘记。

NO.8 最催泪台词：

夏花在临死前，对阿南说："我想这口酒很久了，阿南哥。"她勾着阿南的脖子，用撒娇的口吻说："喝了交杯酒，我就是你的新娘子了。"这一情节曾让编辑部的同学们集体飙泪以致造成经久不去的水灾！

NO.9 最具侦探片气质桥段：

马卓去事务所取回电脑，忽然看到一根彩色的鞋带，从墙角的办公桌下面伸了5公分出来。"没错，LV波板鞋——虽然我一直对名牌毫不感冒，但这么特别的鞋，我只记得有一个人穿过。这个洛丢丢，真是阴魂不散。"这简直就是破案的关键啊！侦探片里凶手不小心留下的证据啊！

NO.10 最出乎意料的结局：

还记得于安朵的忠实跟班、用避孕套装了一兜水泼在了颜舒舒头上的王愉悦么？真是傻人有傻福，她追随着于安朵去了英国（估计还是于家出的路费），居然就嫁给了一个上亿身家的富二代！话说富二代这种稀有物种，大部分都生活在网友们的传说里，在现实生活中是难得一见——所以，王愉悦的喜剧结局，确实让所有人跌破眼镜。

可以肯定的是，《离歌》留给我们的记忆，绝对不是这几张纸能装下，如果任由编辑部这帮JP发挥，大概可以再出一本书叫《离歌怪谈录》！《离歌》结束了，我们的歌还没有唱完，在杂志《17SEVENTEEN》里，还有更多关于《离歌》的精彩内容，一定不可错过！

会员卡申请表

姓名：..

性别：..

年龄：..

电话：..

QQ：...

MSN：...

EMAIL：..

地址：..

邮编：..

最喜欢雪漫哪些作品：...

拥有多少本雪漫作品：...

最希望通过会员俱乐部（把你想到的都告诉我们吧）：

....

....

甜言蜜语：

....

....

会员福利

1.通过淘宝"雪漫书屋"购买任何雪漫文化出品的图书均可享受8.8折优惠（购书时出示卡号即可，可以和同学分享哦）。

2.优先获知雪漫签售、海选活动动态。

3.有机会参与专属会员的活动。

4.会员购书参与积分，年底可兑换精美礼物。

会员卡申请我们不会收取任何费用，你也可以网上申请，详情请见雪漫官网www.mgirl.me，赶快行动吧。

申请表回寄地址：北京市朝阳区慧忠里103号洛克时代中心B座608室 雪漫文化
淘宝雪漫书屋地址：http://shop34422292.taobao.com/

一辈子，不说后悔，不诉离伤。
Never regret,never say goodbye.

图书在版编目（CIP）数据

离歌. 3 / 饶雪漫著. -- 北京：文化艺术出版社，2010.6
ISBN 978-7-5039-4596-0

Ⅰ.①离… Ⅱ.①饶… Ⅲ.①长篇小说－中国－当代 Ⅳ.①I247.5

中国版本图书馆CIP数据核字(2010)第103718号

离歌Ⅲ

作　　者：饶雪漫
责任编辑：阡　陌
封面设计：鹿童　欧金
出版发行：
社　　址：北京市东城区东四八条52号
邮政编码：100700
网　　址：http：//www.whyscbs.com
电子邮箱：whysbooks@263.net
电　　话：(010) 64813345　64813346（总编室）
　　　　　(010) 64813384　64813385（发行部）
经　　销：新华书店
印　　刷：北京温林源印刷有限公司
版　　次：2010年7月第1版　2010年7月第1次印刷
开　　本：640×900毫米　1/32
印　　张：8.5
字　　数：120千字
书　　号：ISBN 978-7-5039-4596-0
定　　价：26.80元

版权所有，侵权必究。印装错误，随时调换。